6호선 버뮤다

6호선 / 버뮤다

범유진
장편소설

차례

1945년, 미 해군의 '비행편대 19호 실종 사건'이 일어났다. 훈련 중이던 항공기 다섯 대가 통신이 끊기고 모두 실종된 것이다. 실종된 항공기의 구조를 위해 투입된 비행기 역시 증발하듯 사라져, 전 세계가 충격에 빠졌다. 이후 같은 지역에서 배와 비행기가 실종되었다는 보도가 이어지면서 버뮤다 삼각지대는 미스터리한 실종이 이어지는 지역으로 명성을 떨치게 되었다. 많은 사람들이 실종의 원인을 규명하려 했다. 해저에 존재하는 메탄 하이드레이트가 폭발해 선반이 갑자기 가라앉았다거나, 지역의 자기장이 기기에 영향을 주었다는 등 과학적인 해석은 물론 외계인의 개

입이라거나 시간이 왜곡되어 실종된 항공기며 선반이 타임 슬립 해 과거로 빨려 들어간 거라는 등 초자연석 해석도 이루어졌다. 국립해양대기청(NOAA)이 버뮤다 삼각지대의 사고율이 전 세계 주요 항로 중 평균 수준이라는 분석을 내놓은 후에도, 그 열기는 식지 않았다.

실종의 원인을 규명하려 했던 이들은 어쩌면 그저 믿고 싶었던 거 아닐까.

그들은 죽지 않았다고. 어딘가로 사라져 생존해 있을 거라고. 그러니 그들의 죽음에 나의 책임은 없다고. 어쩌면 버뮤다에 초자연적 해석을 갖다 붙인 이들 중에는 실종된 이의 가족이나 연인이 있었을지도 모른다. 그들은 갑자기 닥친 이별에 어떠한 부채감을 느꼈을 거다. 실종이 일어난 날 아침에 잘 다녀오라는 인사를 하지 못한 것에, 커피 한 잔 타 달라는 부탁을 귀찮아서 무시했던 것에, 몸이 좋지 않으니 대신 출장을 가 달라고 부탁했던 것에. 그 부채감이 모여 버뮤다 삼각지대는 실종이 일어나야만 하는 곳이 된 것이다.

기이함은 절실함에서 온다. 바란다. 기이함이 언젠가 기적이 되기를.

떠난 이를 다시 불러오기를.

또다시 버뮤다 지대에 빠져버렸다.

눈을 뜨니 연신내역이었다. 매끄럽게 닫히는 지하철 문틈으로 보인 정류장 표시판의 글자를 확인하자마자 눈꺼풀이 다시 내려앉았다. 역시 버스를 탈걸 그랬다고 후회해도 어차피 지금 와 돌아갈 수도 없다.

그날. 그날도 내릴 곳을 놓쳤다.

그날과 다른 점이라면 지하철을 탄 이유다. 그날은 봄꽃 축제 준비로 도로를 통제한다고 해서 지하철을 탔지만 오늘은 잠에 휘청거리는 몸으로 만원 버스를 버틸 자신이 없어서 지하철을 탔다. 회사에서는 볼 안쪽 살을 이로 짓씹으며 버텼지만, 퇴근과 동시에 긴장이 풀리면 얕은 잠이 밀려왔다.

7월 찜통더위에 에어컨이 고장 난 탓이다. 방에 쌓인 쓰레기의 악취가 자꾸 후각을 자극해서, 윗집이 새벽마다 가내 마라톤 대회라도 열린 듯 뛰어대는 탓이다. 아니다. 그 어떤 것도, 낮과 밤의 경계를 희미하게 만든 근원은 될 수 없다. 옅은 수마가 꿈처럼 그날의 기억을 눈꺼풀 안에 펼쳐 보였다. 깨어 있는 동안은 어떻게든 떠올리지 않으려 묵직한 외면의 추를 달아 깊숙이 가라앉혀둔 기억. 에어컨 수리나 집 안 청소, 윗집에 항의하러 가는 일 등을 전혀 할 수 없는 무기력에 사로잡히게 된 사건이다.

3개월 전 그날, 내 동생 이진월이 죽었다.

봄비가 내리던 날이었다. 오후 내내 화창하다가 퇴근 시간이 가까워져 내린 비였다. 금방 그칠 줄 알고 우산을 사지 않았는데 비는 좀처럼 그치지 않았다. 지하철에 타는 사람들 손에 들린 우산이 젖은 걸 보며 어쩌나 고민하는데 동생에게서 마중을 나가겠다는 메시지가 왔다. '개찰구 나와서 역사 입구에서 만나.' 메시지 끝에 따라붙은 웃는 이모티콘이 언제나처럼 경쾌했다. 들어가는 길에 두부를 사 가야지. 비 오는 날은 역시 뜨끈한 두부전골이니까. 시답잖은 생각을 하며 개찰구를 나갔다. 출구 너머 건물 입구에 선 동생이 손을 흔들었다.

나풀나풀, 나비처럼 흔들리던 손.

무릎을 울리는 진동에 눈을 떴다. 눈앞에 어른거리던 나비 같던 손놀림이 가로등 빛에 안개 흩어지듯 사라졌다. 가방 안에서 휴대전화가 또다시 진동했다. 가방에 손을 넣어 바닥을 더듬어 휴대전화를 꺼냈다. 액정에 뜬 발신자를 확인하고 잠깐 망설이다가 통화 버튼을 눌렀다.

—전화를 왜 이렇게 늦게 받냐.

아버지의 퉁명스러운 목소리를 듣자마자 역시 받지 말걸, 이라는 후회가 밀려왔다.

—돈은? 오늘까지 이천 해 달라고 했잖아.

"그게, 지금 저도 여유가 없어요. 조금만 기다리세요."

—조금? 그 조금이 벌써 한 달이야! 진월이 보험금 나온 건 다 어디에 썼어!

이마에서 땀이 한 줄기 주룩 흘러내렸다. 7월 한여름인데 지하철 냉방이 영 시원치가 않다. 휴대전화를 귓가에서 조금 떨어뜨린 채 눈동자만 굴려 주변을 살폈다. 맞은편에 '약냉방칸'이라고 쓰인 스티커가 붙어 있었다.

—진월이는 내 딸이야. 그러니 그 돈을 혼자 꿀꺽할 작정이라면 각오해라. 정 안 되면 지금 사는 집 전세라도 빼. 어차피 너 혼자 살기엔 너무 넓잖아. 아버지 재혼에 그 정도는 보태야지.

그래요. 진월은 아버지의 딸이잖아요. 보험금이라고 해봤자 고작 천만 원 남짓이지만 진월의 목숨 값이라고요. 어떻게 그걸 함부로 달라고 하나요. 어떻게 진월의 사고도 마무리되지 않았는데 재혼하겠다고 할 수 있나요. 목구멍 아래 꿈틀거리는 말을 휘둘러 아버지의 고함을 잘라내고 싶었다. 하지만 말하지 못할 걸 안다. 아버지를 상대하면 나는 언제나 고양이 앞의 생쥐가 된다.

—하여간 제 어미를 닮아서 그런지 경우가 없어, 경우가.

어릴 때부터 귀에 못이 박히게 들어온 타박을 마지막으로 전화는 끊겼다. 나는 휴대전화를 주머니에 넣고 무릎 위의 가방에 이마를 박았다. 이제 곧 내려야 한다. 또다시 정거장을 지나칠 순 없다. 머리로는 알지만 아버지와의 통화로 진이 빠진 탓에 쉬이 몸에 힘이 들어가지 않았다.

"······전세를 빼라니. 말도 안 돼."

물론 나도 곧 이사를 해야만 한다는 걸 안다. 진월과 둘이 돈을 모아 얻은 집이라 이후 집주인이 전세금을 올리면 나 혼자 감당할 수가 없다. 하지만 당장은 아니다. 절대 떠날 수 없다. 진월의 방도 정리하지 못한 마당에, 진월의 자취가 가득한 그 집을 돈 때문에 포기할 순 없다. 진월이 내 결의를 알았다면 "언니, 이 집 별로 안 좋아했잖아. 사기당한 거라고 빨리 나가고 싶다고 했으면서."라고 말하며 웃었을 거다.

2년 전에 지금 사는 빌라에 입주를 결심한 건 회사와 가깝기 때문이었다. 온갖 계약직을 전전하다가 간신히 정규직으로 합격한 회사였다. 기념으로 스무 살에 독립한 후 진월과 둘이 살던 비좁은 원룸을 벗어나 빌라에 전세를 얻기로 했다. 찾아간 부동산의 공인중개사는 집을 보여줄 때 "회사가 구산역이라면서요? 그러면 여기가 딱 좋죠. 버스로 다섯 정거장밖에 안 되잖아. 가까워요. 동생은 재택근무가 많다며. 그럼 출근하는 사람한테 맞춰야지."라고 위치의 장점을 목이 터져라 강조했다. 나는 휴대전화 앱으로 지하철 노선도를 검색해보곤 "그렇네요. 여기가 독바위역 근처니깐, 지하철로는 두 정거장밖에 안 되네요."라고 맞장구를 쳤다. 그때 공인중개사가 보인 짧은 침묵. 그게 뭘 의미하는지 몰랐던 건 지하철의 6호선 라인을 한 번도 이용해본 적이 없어서였다.

출근 첫날, 휴대전화로 '출근 첫날 인사법'을 검색하는데 정신이 팔려서 회사가 있는 구산역에서 내리지 못했다. 그래도 느긋했다. 일찍 집을 나선 덕에 출근 시간까지는 15분 정도 여유가 있었기에 구산 다음인 응암역에서 내려서 반대 방향으로 갈아타면 되겠지 싶었다. 하지만 웬걸. 응암역에 내려서 아무리 살펴봐도 반대 방향으로 갈아타는 곳이 없었다. 그제야 노선도에 표시된 작은 화살표가 눈에 들어왔다. 한 방향으로만 운행한다는 표시였다. 구산역으로 가기 위해서는 다시 독바위역을 지나, 무려 다섯 정거장을 연어처럼 거슬러 올라야 했다. 출근 첫날부터 지각을 하는 최악의 상황이 도래할 수 있단 뜻이었다. 차라리 택시를 타는 게 나을까. 그러다가 택시가 안 잡혀서 더 늦으면 어쩌지. 우왕좌왕하다가 결국 지하철을 탔고, 아슬아슬한 시간에 회사 정문을 통과했다. 점심시간에 그 이야기를 했더니 사람들은 탄성을 지르며 앞다투어 '버뮤다 응암 지대'에 대해 알려주었다.

6호선에는 '버뮤다 응암 지대'라 불리는 구간이 있다. 영문 모르게 배와 비행기가 실종된다는 버뮤다 지대. 멀고 먼 북대서양 지역의 제도 명이 대한민국 지하철 노선의 별명이 된 건 시간이 실종되는 구간이기 때문이다. 응암역에서 역촌, 불광, 독바위, 연신내, 구산 역을 거쳐 다시 응암역에 오기까지 둥그런 고리처럼 묶인 이 역들은 한 방향 순환이다. 그 말인즉슨 응암역에서 지하철을 타고 깜빡 잠이라도 들어 내릴 정거장을 지나치기라도 하면, 다시 응암역까지 한 바퀴를 돌지 않으면 반대 방향으로 돌아갈 수가 없다는 뜻이다.

노선이 한 방향 순환이라는 건 집에서 회사로 갈 때는 두 정거장이지만 회사에서 집으로 갈 때에는 네 정거장으로 거쳐야 할 역이 늘어난다는 의미이기도 했다. 집에 돌아와 동생에게 왜 노선을 그렇게 만들었는지 모르겠다고, 아침에 출근하는 회사원을 골탕 먹이려는 작정인 게 분명하다고 투덜거렸더니 동생은 "그래도 좀 낭만적이다. 버뮤다가 한국에 있다니. 거길 한 바퀴 돌면 다른 세계로 갈 수 있을지도 몰라."라며 웃었다.

그 말에 내가 뭐라고 답했더라. 기억의 물밑을 더듬어 나가던 팔다리는 금세 지쳤다. 힘이 빠져 떠오른 몸을 다시 수마가 휘감았다. 안 된다. 저 악마 같은 잠에 붙잡히면 응암에서 갈아타 다시 한 바퀴를 돌아야 한다. 번거로운 건 둘째 치고 수마가 들이미는 기억이 문제다. 눈가를 몇 번이고 꾹꾹 눌렀다. 그러나 동생의 손이, 나를 향해 흔들던 손이 자꾸만 기억을 불렀다.

한순간에 툭 떨어지던 그 손.

그날, 동생을 발견하고 출구로 나가려는데 주변이 소란스러워졌다. 한 남자가 사람들 틈을 비집고 달려와 동생에게 부딪혔고, 동생의 몸이 줄 끊어진 마리오네트 인형처럼 무너졌다. 남자가 주변에 마구 칼을 휘둘렀다. 허공을 휘젓는 칼날에는 붉은 피가 묻어 있었다. 그 피가, 동생의 몸 아래 흘러내려 고인 피와 같다는 사실을 믿을 수가 없었다.

눈을 뜨고 악몽을 꾸는 듯했다.

경찰과 구급대원이 몰려오고, 누군가 내 팔을 잡고 뭐라 말을 걸었다. 피하세요. 아니다. 여기서 나가셔야 합니다, 라고 했던 것도 같다. 바닥에 쓰러진 동생을 구급대원이 들것에 눕혔다. 나는 그제야 소리쳤다. 내가, 내가 개 언니예요. 내 동생이라고요! 소리치고 또 소리쳤다. 그것 외에는 악몽에서 깨는 법을 몰랐다.

*

어릴 적부터 악몽을 꿨다.

일곱 살의 겨울날 엄마가 사라졌다. 할머니는 엄마가 죽었다고, 한밤중에 술에 취해 차를 몰고 나가서는 고속도로의 가드레일을 박았다고 전했다. 그 소식이 지우개가 되어 내 기억을 지웠다. 나는 막 잠에서 깨어 멍한 머리로 전날 잠들기 전 엄마가 어땠는지를 떠올리려고 했다. 하지만 기억나지 않았다. 엄마가 내게 무슨 말을 했었는지, 어떤 표정이었는지, 엄마가 어떤 사람이었는지도. 엄마에 대한 기억만이 아니었다. 그날을 기점으로 일곱 살 이전의 내 기억은 삭아 문드러진 낡은 사진이 되어버렸다. 분명하게 기억나는 건 오직 하나, 동생인 진월뿐이었다. 예를 들면 진월이 나를 보고 처음으로 언니라고 불렀던 순간의 장면과 감정은 강렬하게 기억나는데 그 외의 모든 건 흐릿한 거다. 분명히 그 자리에 아빠나 엄마도 있었을 텐데 사진에서 오려낸 듯 전혀 떠오르지 않았다. 병원에서는 갑작스러운 보호자의 사망 소식을 접한 충격으로 일시적인 기억장애가 생겼을 가능성이 있다고 했다.

"평소에도 넋 놓고 다니더니 아주 끝까지 말썽이야. 제 엄마랑 똑 닮았어, 저건."

할머니는 장례식을 준비하는 내내 투덜거렸다. 할머니의 험담 속 엄마는 제대로 하는 게 아무것도 없고, 다정함이라곤 눈곱만큼도 없는 사람이었다. 그 말들이 인형을 끌어안고 장례식장 한쪽에 웅크려 앉은 내게로 날아와 쌓였다. 불분명한 기억의 한 자락에서 술에 취한 엄마의 모습이 어스름히 떠올랐다. 고함과 내 눈앞으로 날아들던 거친 손바닥까지. 아무래도 엄마는 할머니 말대로 형편없는 사람이었던 모양이다. 어깨에 힘이 쭉 빠졌다.

"그 인형, 못 보던 건데 어디서 났냐?"

머리 위가 어둑해지더니 매캐한 담배 냄새가 났다. 나를 내려다보는 아버지가 너무 거대해 보여서 몸이 더 움츠러들었다. 나는 벽에 바짝 붙어 앉으며 인형을 등 뒤로 숨겼다. 인형을 빼앗기면 안 된다는 생각뿐이었다.

"너 진짜 기억 안 나냐? 내가 누군진 알지?"

"……아버지요. 무슨 일 있었는지 기억 안 나는 거지, 바보 된 거 아니에요."

"어이구, 그래."

아버지의 몸이 점점 더 가까워졌다. 아버지는 내 양어깨를 손으로 꽉 누르고는 귓가에 속삭였다. 네 엄마는 정말 최악이었어. 기억나지? 엄마가 매일 밤 술만 마시던 거. 네 엄마는 술을 원료로 움직이는 로봇 같았지. 진월이 기저귀도 제대로 갈아주지 않고 너한테 시켰잖아. 아빠가 주말에 놀이공원 데려갔던 거도 기억 안 나? 인형 좀 줘봐. 아빠가 더 좋은 거 사주고 싶어서 그래……. 어깨가 너무 아팠다. 진월이 아버지의 다리에 들러붙지 않았다면, 일곱 살의 나는 그대로 아버지의 무게에 짓눌려 땅 아래로 사라졌을 거다.

"아빠! 저기 아저씨!"

진월이 혀 짧은 목소리로 외치며 손으로 장례식장 문을 가리켰다. 아버지는 진월을 번쩍 안아 들고 허공에 한 바퀴를 돌렸다. 진월이 깔깔 웃었다.

"좋네. 다 어린아이처럼 멍청해져서 좋아."

아버지는 너털웃음을 터뜨리고는 문 쪽으로 향했다. 나는 아버지가 남자 두 명과 몸싸움을 벌이며 장례식장 밖으로 끌려 나가는 걸 멍하니 바라보았다. 진월이 내 무릎을 타고 오르더니, 양팔을 뻗어 내 두 귀를 막았다.

"언니, 내가 쉿 해줄게."

진월의 작은 손이 가져다준 잠시간의 고요함이 나를 구했다.

아버지는 엄마의 장례식이 진행되는 내내 한 번도 나타나지 않았고, 수많은 말들이 내 주변을 뒤덮었다. 보험회사에서 엄마의 사고에 의문을 제기해 경찰이 아버지를 데려갔다거나, 아버지가 보험금을 목적으로 엄마를 사고로 위장해 살해했다거나, 여자 쪽이 바람을 피웠다거나 하는 등의 말들. 경찰이 내게 찾아와 물었다. 아빠랑 엄마랑 사이가 어땠니. 무엇을 묻든 내 대답은 몰라요, 하나였다. 할머니가 잘 대답하라고 눈치를 줘도 기억나지 않으니 어쩔 수가 없었다.

나는 매일 수북이 쌓인 소문의 모래사장에 파묻혀 참과 거짓을 골라내려고 발버둥을 쳤다. 그렇지만 별다른 수확은 없었다. 아버지가 집에 돌아온 날, 나는 쭈뼛거리며 아버지를 맞이했다.

"진양아, 네가 경찰이 물어보는 건 다 모른다고 했다며?"

아버지는 나와 눈높이를 맞춰 쪼그려 앉아 물었다.

"너 때문에 아빠가 얼마나 고생했는지 알아? 아빠는 아주 좋은 아빠였잖아."

"그렇지만, 기억이……."

"기억이 안 나니깐 아빠 말을 믿어야지."

아버지는 내 머리를 꾹 누르곤 옅게 미소 지었다. 할머니는 내가 제대로 진술하지 않아서, 아버지가 경찰서에 오래 있어야 했다고 화를 냈다. 아버지가 너 같은 걸 보육원에 갖다 버리지 않고 먹여 살리는 것만 해도 감사할 줄 알아야 한다고. 그 말들이 소문의 모래사장 속에서 치솟아 나를 단단한 죄책감으로 둘러쌌다. 앞으로 아버지가 한 말은 믿도록 하자. 가족이니까. 내 보호자니까. 아버지니까. 그렇게 결심했다. 좋은 딸이 되자고.

그래서 아버지에게도, 할머니에게도 말할 수 없었다.

엄마의 장례식 이후, 매일 엄마가 살해당하는 꿈을 꾼다고. 꿈속에서 누군가 쓰러진 엄마의 배 위에 올라타 망치를 휘둘렀다. 살인자의 형체는 언제나 새까맣기만 하다. 분명하게 보이는 건 오직 하나, 나를 향해 웃는 엄마의 얼굴뿐이다.

악몽을 꿀 때마다 비명을 질렀다. 꿈속에서 비명을 지르다 보면 진월이 나를 불러 깨웠다. "언니, 또 꿈꿨어?" 땀에 흠뻑 젖은 손으로 진월을 끌어안고 잤다. 나보다 더 어린 진월의 높은 체온이 나를 꿈에서 현실로 끌어냈다. 가끔은 진월이 내 귀를 막아주었다. 쉿. 쉿 하고 자자. 진월의 체온과 목소리만이 열에 들뜬 나의 악몽을 식혀주었다.

*

그러나 그 봄비 내리던 날, 진월이 죽었다. 그때부터는 아무리 소리를 질러도 악몽이 끝나지 않았다.

진월을 죽인 범인이 누구인지 장례식이 끝날 때야 알았다. 마흔 살쯤의 남자. 미디어에서 그에게 '지하철 살인마'라는 별명을 붙였다. 그는 한 명을 살해하고 다섯 명에게 중상을 입혔다. 범행 동기는 불명. 결국 이상 동기 범죄로 결론이 났다. 진월이 누군가의 원한을 살 리 없음을 아는 나는 그것이 당연해서 억울했다. 진월을 한 번도 만난 적 없는 수많은 사람들이 지하철 살인마가 살해당한 여자를 목표로 범행을 저지른 게 분명하다고, 다른 피해자는 휘말린 거라고, 경찰이 무언가 숨기고 있다고 떠들어서 더욱 억울했다. 억울해야만 했다. 억울함으로 죄책감을 덮어 가리지 않으면 집 밖으로 나가지도 못했을 거다. 나는 피해자여야 했다. 뜻하지 않은 사건으로 하나뿐인 동생을 잃은, 무결한 피해자. 꼿꼿이 고개를 들고 의뭉스러운 위로를 적당한 표정으로 꾸역꾸역 삼켰다. 그렇게 삼킨 말들이 저녁이면 밖으로 튀어나와 죄책감의 부피를 늘릴 것을 알아도 어쩔 수가 없었다.

동생에게 마중 나오라고 하지 않았다면.

편의점에서 비닐우산 하나 사서 혼자 돌아갔더라면.

졸지 않고 좀 더 일찍 지하철에서 내려 개찰구를 나가 역을 떠났다면.

그랬다면 진월은 죽지 않았을 거다.

자명하나 되돌릴 수 없는 사실은 나를 무결하지 않게 만들었다. 악몽은 더욱 심해졌고, 때로 엄마의 얼굴 위에 동생의 얼굴이 겹쳤다. 진월은 무표정했다. 입꼬리가 살짝 위로 올라가 가만히 있어도 웃는 듯이 보이던 진월이 악몽 속에서는 웃지도 울지도 않았다. 진월이 쓰러지기 전에 어떤 표정이었는지 보지 못한 탓이다. 그때 진월에게 다가가 쓰러진 몸을 뒤집었어야만 했다. 칼에 찔린 상처를 손바닥으로 막아주고, 내 무릎에 동생의 머리를 뉘었어야 했다. 적어도 눈은 내가 감겨주었어야 했다.

밤이 거듭될수록 죄책감의 목록은 늘어났고 불면은 점점 심해졌다. 툭하면 내게 시비를 거는 황세정이 아니었다면, 회사에서도 병든 닭처럼 졸았을지도 모른다. 황세정을 제외한, 회사의 다른 사람들은 아직까지는 내게 동정적이다. 휴게실에서 한 시간쯤 자고 나와도 한두 번은 눈감아줄, 딱 그 정도의 동정이다.

─다음 역은 구산, 구산역입니다.

또 내릴 곳을 지나칠 뻔했다. 가방에서 이마를 떼고 느릿하게 몸을 일으키는데 손끝이 따끔했다. 배어 나온 피가 가방에 달린 인형 모서리에 묻어 천이 빨갛게 물들었고, 앞에 서 있던 사람의 엉덩이가 이마에 닿았다. 허리를 바짝 곤두세웠다. 왜 이러냐고 따지려다 그만뒀다. 시비를 주고받을 기운도 없었고 어차피 내려야 했다. 자리에서 일어나 지하철 문 앞에 가 섰다. 그제야 지하철 칸 안의 사람들이 모두 좌석 쪽에 바짝 붙어선 걸 알았다. 흡사 홍해가 갈라져 길이 생긴 듯, 한가운데가 텅 비었다.

그 길 위에 화려한 한복을 입은 여자가 서 있었다.

옆 칸에서 건너온 여자는 흰 치마저고리에 오방색 마고자를 입고, 쪽 찐 머리에는 큼지막한 비녀를 꽂고 있었다. 여자는 꼿꼿하게 등을 펴고 정면을 응시하고 걸었다. 그 걸음이 닿은 곳에 감히 범접했다가는 안 좋은 일을 당할 것만 같아 몸이 웅크려졌다. 여자는 불행이라는 실로 자아 만든, 보이지 않는 망토를 걸친 여왕이었다. 사람들이 한발 비켜서서도 호기심 어린 시선을 여자에게서 떼지 못하는 이유는 그 때문이었을 거다. 불운은 가까이하고 싶진 않지만, 거리를 두면 관음하고 싶어지는 법이다. 나 역시 여자를 봤다. 그러나 다른 사람들처럼 호기심 때문은 아니었다.

궁금했다. 어떻게 하면 저토록 우아하게 불행을 거칠 수 있는지.

"뭐야. 이게 왜 아직도 여기 있어?"

시선이 마주친 순간, 여자가 내 앞에 섰다. 부릅뜬 눈 속 흰자위가 묘하게 번뜩거렸다. 설마 나에게 한 말은 아니겠거니 싶어 시선을 피했다.

"주제에 같은 피라 이거지. 끈질기다, 끈질겨."

여자는 끌끌 혀를 차더니 손을 뻗어 내 왼쪽과 오른쪽, 머리 위 허공을 먼지 털듯이 툭툭 쳤다. 여자의 한복 소맷자락이 너풀거리다 내 뺨을 때렸다. 작은 웃음소리와 호기심 어린 시선이 따끔하게 날아와 꽂혔다. 이번 역은 구산역입니다. 내리려는 내 팔을 여자가 붙잡았다.

"뭐예요. 이거 놔요!"

여자의 손을 뿌리치려는데 문이 닫혔다.

"원이 깊네. 포기가 안 될 원이구나, 이건."

여자의 힘에 떠밀려 닫힌 문에 등을 부딪쳤다. 여자가 내 가방으로 손을 뻗더니, 우악스럽게 가방에 달아놓은 인형을 움켜쥐었다.

"돌려받겠다."

"무슨 소리예요? 놔요! 이게 나한테 얼마나 중요한 건데!"

엄마의 장례식장에서 끌어안고 있던 인형이었다. 손바

닥 크기의, 손바느질로 만든 삼각형의 인형. 나와 진월은 이 인형을 삼각김밥이라 불렀다. 빼앗기면 안 돼. 반사적으로 떠오른 생각에 손톱을 세워 여자의 손등에 박았다.

"뿌리가 박힌 걸 없애야 해!"

"누구 멋대로!"

이번 역은 웅암, 웅암역입니다. 나는 있는 힘껏 인형에서 여자의 손을 떼어내고 열린 문밖으로 구르듯이 뛰어내렸다. 지하철을 타던 사람과 어깨가 부딪혀 휘청거리는 걸음으로 승강장에 섰다. 그러나 내 발이 닿은 순간, 승강장은 모습을 바꾸었다.

터널이었다.

둥글고 검은 아가리를 벌린 터널이 내 눈 바로 앞에 나타났다. 나는 터널 한가운데에 서 있었다. 안쪽에서 불어오는 강한 바람이 중력이라도 품은 듯 내 몸을 끌어당겼다. 어두운 터널 안으로 달려 들어오는 지하철의 전조등 불빛이 눈앞에 번쩍였다.

강렬한 어둠과 빛의 교차.

그 명암이 몰고 온 어지럼증에 질끈 눈을 감았다.

동생의 장례식장. 나는 왜 여기 있는가? 이건 현실인가? 지나치게 현실이다. 담당자는 내게 관을 무엇으로 할지, 꽃은 어떻게 할지, 식사에 떡을 넣을지 말지를 정하라고 했고 은근히 비싼 B세트를 권했다. 수의를 너무 싼 걸로 하면 보내는 분 마음이 편치가 않죠. 관은 이쯤은 하는 게 일반적이거든요. 가장 저렴한 꽃장식이 55만 원이었고 제일 비싼 건 210만 원이었다. 내가 가격표를 받아들고 멍하니 있자 담당자는 상조를 소개해주겠다고 했다. 이 업체 끼고 제일 저렴한 걸로 하면 300만 원이면 막을 수 있거든요. 나는 그에게 말했다. 내 동생이 죽었어요. 그는 그렇군요, 라고 답했다. 다시 말했다. 동생이 죽었다고요. 삼가 명복을 빕니다. 동생이 죽었다고요! 미리 가입하신 상조가 있으면 그곳을 이용하세요. 동생의 죽음만큼이나, 온 세상이 그 죽음을 슬퍼하지 않는 걸 믿을 수가 없었다.

내 세상의 절반이 잘려나갔는데 700만 원과 300만 원 중에서 고민해야 한다고?

이건 현실이 아니다.

현실이 아니어야만 한다.

귀신이든 뭐든 좋으니 내 앞에, 나의 현실을 가져다줘.

2

지하철 문 옆 손잡이를 움켜잡았다. 조금만 늦었다면 꼴사납게 바닥을 굴렀을 거다. 갑작스러운 어지러움은 그만큼이나 강렬했다. 잠시간 눈을 질끈 감은 채 손잡이를 잡고 서 있었다.

—다음 역은 역촌, 역촌역입니다.

지하철 안내 방송을 듣고서야 위화감을 느꼈다. 분명히 하차했었는데 지하철 안이라니. 언제 다시 탄 건지 전혀 기억나지 않았다. 무언가에 홀린 기분이었다. 지하철 안으로 들어오는 몇몇 사람이 문을 막고 선 내게 눈을 흘겼다. 일단 문에서 비켜 다른 곳에 서야겠다 싶어 주변을 살피다가 반대편 문 쪽에 앉은 황세정을 발견했다.

회사 동료인 황세정은 나를 싫어한다. 내가 입사한 이후 출장을 다녀와 선물을 돌릴 때 나만 빼놓는다거나, 회사 단체 메일 목록에서 내 주소를 삭제해놓는다거나 하는 소소한 괴롭힘을 이어 오는 중이다.

반면 나는 황세정을 싫어할 수 없었다. 황세정이 기업 후원을 따 오는 대외협력처의 에이스이기 때문이다. 내가 근무 중인 회사 '마음돌봄센터'는 다양한 계층의 사람들의 심리 치료를 지원해주는 기관으로, 약간의 정부 보조금과 다수의 기업 후원금으로 운영되는데 만성 적자에 예산 부족이다. 특히 내가 속한 '소외계층지원부서'는 언제나 좀 더 요령 좋게, 홍보용으로 내세울 만큼만 사업을 벌이라는 압박에 시달렸다. 그 압박은 대외협력처와 소외계층지원부서 사이에 비공식적 상하 관계를 만들어냈다. 예산을 확보해주는 이라면 집안의 원수라도 사랑하는 척해야 했다.

그러니 전 같으면 황세정에게 다가가 인사를 했을 거다. 상대의 적의를 만들어낸 미소로 뭉개고 잡담을 나누었겠지. 동생이 죽은 날도 그랬다. 그날 황세정은 내 맞은편에 앉아 있었다. 나를 보지 못한 듯이 휴대전화만 만지 작거리다가, 내가 지하철 문 앞에 섰을 때 갑작스럽게 말을 건넸다. "우산 없어요? 진양 씨는 은근히 준비성이 없네." 나는 일기예보를 너무 믿었다며, 동생이 데리러 올 거라고 웃었다. "이진양 씨는." 황세정은 나를 노려보듯 올려다봤다. "남한테 참 신세를 잘 지네요. 아까 회사 나올 때도 박태석 씨 우산 얻어 쓰는 거 같던데." 그 말을 듣고서야 황세정이 그토록 오랫동안 나를 미워한 까닭을 눈치 챘다.

박태석. 종합지원팀의 팀장인 그는 회사에서 이질적인 존재였다. 점심시간에 법인 카드를 아껴 쓰라고 잔소리 하는 부장 앞에서 그럼 자기가 쏘겠다며 탕수육을 시키는 사람. 보육원 출장 상담을 갈 때에 아이들 간식으로 프랜차이즈 빵집이 아닌, 가격이 두 배쯤 비싼 백화점 식품관에서 과자를 사 가는 사람. 내방자의 정신 건강을 걱정하기 전에 팍팍한 월급 때문에 내가 정신병에 걸리겠다는 농담이 일상적으로 오가는 회사에서 그의 씀씀이는, 그 씀씀이를 과시하지 않는 태도는 눈에 띄었다. 박태석이 유명한 국회의원의 친척이라느니, 지방 유지의 막내

아들이라느니, 물려받을 상가 월세만으로 먹고살 걱정이 없어 회사는 취미로 다니는 거라느니 등등 온갖 소문이 돌았다. 몇몇은 회식 자리에서 박태석에게 그런 소문에 대해 노골적으로 물어보기도 했다. 박태석은 딱히 긍정하지도, 부정하지도 않고 그저 빙긋 웃었다. 그 미소에 홀린 이들 중 몇몇이 박태석에게 마음을 품었다더라 하는 이야기가 회식 자리의 안줏거리로 오르기도 했다.

그때마다 나는 안주의 곁들임 정도로 호출되었다. 내가 박태석과 함께 외근을 갈 때가 많아서였다. "사실은 태석 씨, 진양 씨 좋아하는 거 아냐?" 나는 곁들임답게 분위기에 맞추어 손사래를 쳤다. 그건 일종의 역할극이었다. 변화 없는 매일의 지루함을 견디기 위해 약간의 가십이 필요했으니까. 누구도 진지하지 않게 여겼던 그 고착된 역할이 황세정은 마음에 들지 않았던 거였다.

동생의 장례식 날, 회사 사람들 몇몇이 대표로 조문을 왔다. 그중에는 황세정과 박태석도 있었다. 박태석은 부모님은 어디 가시고 나 혼자 상주를 맡고 있냐고 물었다. 아버지가 계신데 재혼하셨어요. 내 대답에 박태석은 몰랐다고 중얼거리곤 내 옆에 서서 조문객을 맞이하기 시작했다. 왜 저러나 싶었지만 말리진 않았다.

나는 지쳐 있었다. 병원 영안실에서 권한 대로 설치한 제단의 꽃은 동생에게 어울리지 않았다. 저런 새하얗기만 한 국화보다는 알록달록한 분홍과 노란 꽃이 더 어울릴 텐데. 꽃 속에 파묻힌 동생의 사진이, 악몽이 현실임을 자꾸 일깨워서 눈을 감아도 마냥 피곤했다. 누구든 대신 세워놓을 수 있다면 둔갑한 여우라도 데려왔을 거다. 그런 중에 박태석의 도움은 솔직히 기꺼웠다. "내가 서 있을 테니 잠깐 밥 좀 먹고 와요." 박태석의 말에 회사 사람들이 모인 탁자에 가 앉았다. 불쾌하게 취한 사람들이 건네는 형식적인 위로와 함께 육개장을 대충 씹어 넘기는데, 황세정이 내게로 바짝 붙어 앉았더니 속삭였다.

"또 뻔뻔하게 다른 사람 손 빌리네. 그 탓에 동생 죽여놓고."

더 이상 저작 운동을 할 수가 없었다. 입만이 아니었다. 온몸의 피가 돌기를 멈춘 듯 꼼짝할 수가 없었다. 있었다, 내가 온전히 무고하지 않음을 아는 사람이. 허공에 멈춘 숟가락에서 육개장 국물이 피처럼 떨어졌다.

그 봄날 이후, 나는 의식적으로 황세정을 피했다.

혹여 황세정이 내 쪽을 볼까 싶어 뒤돌아서는데, 황세정의 발치에 놓인 장우산이 시선 끝에 걸렸다. 웃는 눈의 초록색 네잎클로버가 그려진 우산은 센터에서 만든 홍보 물품이었다. 너무 많이 만든 탓에 직원들이 두세 개씩 가져가서, 비 오는 날이면 센터 앞이 클로버 밭이 되었다. 나도 세 개나 받았다. 그러니 황세정이 저 우산을 가지고 있는 게 이상하지는 않다. 비록 황세정이 평소 저 우산을 촌스럽다며 끔찍하게 싫어했고 단 한 번도 쓰고 온 적이 없다 해도 말이다. 내가 황세정이 저 우산을 가지고 있는 걸 본 건 딱 한 번, 동생이 죽은 봄비 내리던 날뿐이었다. 준비성이 없다고 나를 타박하던 황세정의 발치에 젖은 채 놓여 있었다. 갑자기 내린 비에, 사무실 한쪽에 놓여 있던 걸 가지고 온 게 분명했다. 준비성 안 좋은 건 피차일반이네요. 속으로 그 말을 삼켰다.

우산이 내 시선을 잡아끈 건 젖어 있었기 때문이다. 오늘은 그날과 달리 비가 내리지 않는데 왜 젖어 있는지 의아했다. 지하철 문이 열리고 사람들이 올라탔다. 내 옆을 스친 누군가가 들고 있던 우산에 묻은 물방울이 내 손등을 스쳤다. 나는 그제야 지하철에 탄 사람들 대다수가 우산을 들고 있음을 알았다. 그사이에 비가 내리기 시작한 걸까. 여름 소나기는 변덕스럽다. 일기예보를 확인하려고 휴대전화를 꺼냈다.

눈을 의심했다.

4월 15일. 액정에 뜬 날짜였다. 휴대전화 설정이 잘못되었나 싶어 날짜 설정을 살폈다가, 껐다가 도로 켜는 등 별별 방법을 다 써도 날짜는 바뀌지 않았다. 다시 지하철 안을 둘러보았다. 모두 긴소매 옷을 입고 있었다. 꽤 두꺼운 맨투맨을 입고 있는 사람도 있었고, 레인부츠를 신은 사람도 보였다. 아무리 비가 온다지만 한여름에 한 명도 아니고 대부분의 사람이 저런 차림새라니 이상했다. "저 여자, 춥지도 않나? 여름도 아닌데 반팔이라니." 작은 소곤거림에 귀가 쫑긋 섰다. '저 여자'는 아무래도 나다. 지금 이 지하철 칸에 반소매 셔츠를 입은 건 나뿐이다. 포털 사이트에 접속했다. 사이트에 표시된 날짜도 역시나 4월 15일이었다.

꿈이다. 또 다른 형태의 악몽이다. 그렇지 않다면 굳이 이 날짜일 필요가 있을까. 봄비 내리던 그날, 동생이 죽은 날이다. 눈을 감았다가 떴다. 깨지 않았다. 소리를 지를

까? 현실의 악몽은 소리를 질러도 깨지 않았지만 진짜 악몽은 깰 수도 있다.

—언니, 비 와. 우산 있어? 마중 나갈까?

고민을 멈추게 한 건 액정에 떠오른 메시지였다. 웃는 이모티콘이 붙은 메시지. 그 봄날, 내게 도착했던 진월의 메시지였다. 어떻게 잊을 수 있을까. 진월과의 채팅창은 그날 이후 멈춘 채다. 나는 밤마다 그날의 대화를 몇 번이고 읽었다. 손가락으로 액정을 쓰다듬듯 움직이고 또 움직였다. 후회를 곱씹는 것만이 내가 할 수 있는 유일한 속죄였다.

꿈이라도 좋다. 다른 대답을 할 수 있다면.

—있어. 나오지 마.

휴대전화 자판을 누르는 손가락 끝이 잘게 떨렸다. 이번 역은 독바위역입니다. 안내 방송에 떠밀려 지하철에서 내렸다. 개찰구로 이어진 계단을 오르는 내내 휴대전화를 꽉 쥐고, 정신없이 주변을 두리번거렸다. 두꺼운 옷차림의 사람들. 손에 든 우산. 여름의 후덥지근함이 섞이지 않은 가벼운 공기. 개찰구로 이어진 통로에 있는 편의점에서 비닐우산을 샀다.

"오늘 며칠이에요?"

우산의 바코드를 찍는 편의점 직원에게 물었다.

"4월 15일이요."

무심한 답변과 함께 우산을 건네받는 손이 부들부들 떨렸다. 개찰구로 향하는 걸음이 점점 빨라졌다.

꿈이라도 좋다.

그러나 만약 꿈이 아니라면, 이 말도 안 되는 상황이 현실이라면, 정말로 4월 15일로 돌아온 거라면. 손의 떨림이 심장까지 도달할 듯 가슴이 뛰었다. 내 손엔 우산이 들려 있고, 진월에겐 마중 나오지 말라고 일러두었다. 몇 번이나 후회했다. 진월을 불러내지 않았다면. 지하철 살인마라 불리는 그 미친놈이 뛰어들었을 때 진월이 그 자리에 없었다면.

진월은 죽지 않았을 거다.

걸음을 멈췄다. 개찰구를 빠져나가는 사람들의 뒷모습을 우두커니 지켜보았다. 어쩐지 내가 서 있는 곳만이 시간이 멈춘 듯했다. 이 기묘한 감각은 역시, 이게 꿈이라는 증거가 아닐까. 가슴이 너무 두근거려 터질 듯했다. 마른 침을 삼키며 가방에 달린 인형을 움켜잡았다. 떨림이 조금은 가라앉았다.

꿈이어도 좋다. 저 개찰구를 지나 집으로 가는 거다. 그러면 살아 있는 진월을 만날 수 있다. 만나면 끌어안고 잔소리를 할 거다. 어떻게 석 달간 한 번도 꿈에 나오지 않았냐고. 귀신이라도 되어서 찾아왔어야 하는 거 아니냐고. 나를 혼자 두지 않겠다던 약속은 거짓말이었냐고. 그리고……. 그리고 두부전골을 만들어 함께 먹을 거다.

개찰구를 통과해 출구로 나가려던 때였다.

"언니!"

경쾌한 목소리가 들렸다. 어디서든, 아무리 사람이 많든 헷갈릴 수가 없는 진월의 목소리였다. "빨리 안 나가고 뭐 하는 거예요." 뒤에 선 누군가가 짜증을 냈다.

"왜, 왜 여기 있는 거야?"

진월이 역사 밖에 서 있었다. 우산을 쓰고 나를 향해 손을 흔들며 웃었다. 나는 울고 싶었다. 오랜만에 본 진월의 웃는 얼굴이 너무 생생해서 눈물이 나왔다.

장례식 날 이후 죄책감만큼 하루하루 짙어진 건 두려움이었다. 언젠가 진월의 얼굴을 잊어버리게 되는 게 아닐까. 사람의 목소리는 언제까지 선명하게 떠오를까. 밤마다 후회를 곱씹으며 휴대전화 속 진월의 사진을 몇 장이고 넘기며 봐도 기억 속 얼굴은 흐려지기만 했다.

그래서 나는 넋을 잃고 진월을 봤다. 웃는 얼굴을 어떻게든, 조금이라도 더 덧칠하고 싶었다. 진월이 우산을 접고 역사 안으로 들어왔다. 주변이 시끄러워졌고, 역사 입구에 서 있던 사람들이 주춤거리다가 사방으로 흩어졌다. 이미 알고 있는 소동이었다.

"도, 도망."

말이 목 한가운데 걸려 잘 튀어나오지 않았다. 나를 향해 다가오는 진월의 등 뒤로 한 남자가 전력 질주로 가까워졌다. 그때는 몰랐던 것. 이제는 아는 것. 저 남자의 정체다.

"도망쳐!"

늦은 외침이었다. 남자가 진월에게 부딪혔고 동생의 몸이 무너졌다. 남자는 칼을 휘두르며 주변을 위협했다. 그날의 재현이었다. 역시 이건 꿈이다. 그렇지 않으면 이렇게나 똑같은 일이 반복될 리가 없다.

그렇다면 눈을, 동생의 눈을 감겨주어야 한다.

걸음을 옮겼다. 남자가 휘두른 칼은 전혀 무섭지 않았

다. 꿈속에서 죽어봤자 꿈이다. 한 발을 내디딜 때마다 떨림이 잦아들었다. 주변의 모든 것이 뿌옇게 흐려지고 바닥에 쓰러진 진월만이 보였다. 곧이다. 이제 손을 뻗으면 닿을 것이다.

"진월아."

동생의 이름을 부르며 쪼그려 앉은 이마 끝에 날카로운 칼끝이 스쳤다. 선명한 아픔에 나도 모르게 비명을 질렀다. 한복 입은 여자와 마주친 후 지하철에서 내렸을 때처럼, 터널이 눈앞으로 밀려왔다. 나는 곧 터널 한가운데에서 빛과 어둠이 교차하는 틈새로 빨려 들어갔다.

블랙아웃. 사방이 깜깜해졌다.

메모 3

제발 다시 내게 기억을
돌려줘 돌려줘 돌려줘 돌려줘
돌려줘 돌려줘 돌려줘
돌려줘 돌려줘
집
버뮤다라서?
회사에서 지하철 탄 시간도 관제 있을까?
회사
독바위 Dokbawi
연신내 Yeonsinnae
불광 Bulgwang
녹번 Nokbeon
홍제 Hongje
무악재 Muakjae
독립문 Dongnimmun
경복궁 Gyeongbokgun
안국 Anguk
원흥 Wonheung
삼송 Samsong
지축 Jichuk
구파발 Gupabal
구산 Gusan
역촌 Yeokchon
응암 Eungam
이 곳에서 내린 게 이상한 일의 원인?
몇 바퀴를 돌았지? 날씨? 옷? 습도?
이상한 여자. 무당?
종로3가 Jongno 3(sam)-ga
광화문 Gwanghwamun
종각 Jonggak
을지로3가 Euljiro 3(sam)-
새절 Saejeol
증산 Jeungsan
6

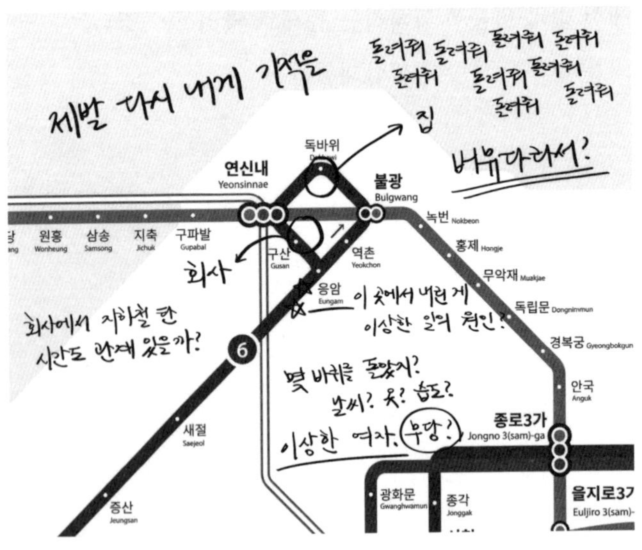

3

“저기요. 괜찮으세요?”

튕겨 나왔다. 어둠이 사라지고 어스름한 빛이 망막에
맺힌 순간, 누군가 내 머릿속에 입력이라도 한 듯 그렇게
생각했다. 튕겨지다니, 어디서? 한발 늦게 따라붙은 의문
과 함께 시야가 명료해졌다.

“괜찮아요? 빈혈인가?”

“지하철 직원 불러야 하는 거 아냐?”

두런거리는 말소리가 그제야 귀에 들어왔다. 사람들이
내 주변을 둘러싸고 서 있었다. 누군가가 나를 부축해 벤
치에 앉혔다. 지하철 직원이나 응급차를 불러준다는 걸

몇 번이고 괜찮다고 했다. 지하철이 도착했고, 주변의 사람들이 그 안으로 사라졌다. 으슬으슬 몸 안을 타고 도는 추위에 짧은 소매 아래 드러난 맨 팔을 마구 문지르며 주변을 살폈다. '응암역'이라 써진 팻말이 맞은편 벽에 붙어 있었다. 승강장 안에 서 있는 사람들은 모두 가벼운 여름옷 차림새였다. 우산을 들고 있는 사람도 없었다. 휴대전화를 확인했다. 7월 15일. 액정에 뜬 날짜는 원래대로 돌아와 있었다.

꿈이었을까. 아니, 어쩌면 환각이었을 수도 있다.

일 년 전, 정찬양이란 아이의 상담 진행을 담당했었다. 정찬양은 몇 번이고 수업 시간에 교실을 빠져나가 창문 밖으로 뛰어내리려 하는 소동을 벌였다. 학교 측에서 정찬양에게 심리 상담을 권유했으나 완강히 거부해 센터와 연결된 거였다. 정찬양을 설득해 전문 상담 기관과 연결하고 행정 절차를 밟는 게 내 임무였다.

고집스럽게 입을 다물고 있던 정찬양이 입을 연 건 세 번째 만남 때였다.

"저도 저 만화영화 좋아했어요."

정찬양은 내 가방에 달린 삼각김밥을 가리키며 대뜸 말했다.

"만화영화?"

"그거 만화영화 캐릭터잖아요. 20년 넘게 방영 중인 인기 어린이 시리즈."

드디어 입을 연 정찬양의 말에 잠자코 귀를 기울였다. 몇 번의 실수를 통해 알게 된 상담의 원칙. 쫓으면 잃는다. 특히 예민한 십 대 청소년과의 상담에서는 거리감 유지가 중요했다.

"유치원 때요, 그 만화영화 캐릭터 인형을 만드는 게 유행했어요. 패턴을 팔았거든요. 친구들이 엄마랑 같이 만들었다고 인형을 자랑했죠. 선생님도 엄마가 만들어줬어요?"

나는 고개를 가로저었다.

"모르겠네. 엄마가 어릴 적에 돌아가셔서 기억이 거의 없어."

정찬양과 처음으로 눈이 마주쳤다.

"기억 안 나요? 아무것도?"

"드문드문."

정찬양은 시선을 돌려 한참이나 삼각김밥을 바라보았다.

"차라리 나도 기억 못 하면 편할 텐데."

혼잣말을 중얼거린 후, 정찬양은 뒤집힌 컵의 물처럼 말을 쏟아냈다.

"엄마랑 싸웠어요. 약속했거든요. 학원 끝날 때 데리러 온다고. 다른 친구들은 다 학원 끝나면 엄마가 데리러 오는데 난 한 번도 그런 적이 없단 말이에요. 엄마는 나한테 왜 그렇게 무관심하냐고 투덜거렸죠. 그랬더니 데리러 가겠다고 했어요. 엎드려 절 받는 거 같다고 짜증을 냈지만 내심 기대했어요."

하지만 정찬양의 엄마는 결국 나타나지 않았다. 정찬양은 학원 차를 그냥 보내고, 친구들이 한두 명씩 마중 나온 보호자의 차에 올라타 모두 사라질 때까지 학원 건물 앞에서 계속 기다렸다. 한 시간 넘게 기다리다가 결국 버스를 타고 집으로 돌아왔다.

"집에 오자마자 '엄마!'라고 소리를 질렀죠. 엄마는 베란다에 서 있었어요. 밥그릇에 들러붙은 콩나물처럼 기운이 없었죠. 엄마는 누가 약간만 언성을 높여도 무서워

했거든요. 아빠가 매일 고함을 지르기 때문일 거예요. 엄마가 나를 임신했을 때부터 그랬대요. 그 모습을 보니깐 소리 지른 게 미안했지만 사과하긴 싫었죠.”

그러니깐 선생님. 정찬양이 나를 부르는 목소리 끝이 갈라졌다.

“나는 엄마한테 화가 나 있었어요. 아니다, 섭섭했어요. 엄마는 내가 어릴 때부터, 나한테 무관심했거든요. 할머니가 그러는데 엄마는 산후 우울증이었대요. 그래도 설마, 엄마가 뛰어내릴 줄은 몰랐어요.”

물을 한 컵 따라 건네자, 정찬양은 사막을 건너온 사람처럼 헐떡거리며 물을 마셨다. 급하게 마신 물이 정찬양의 입가에 흘러내렸다. 나는 티슈를 뽑는 척, 책상 위에 놓인 정찬양의 인적 기록을 살폈다. 모친 1년 전 사망. 부친에 의한 지속적인 가정폭력 정황. 정찬양은 내가 건넨 휴지를 조금씩 뜯어 바닥에 버렸다.

“선생님, 전 가끔 눈을 뜨고 꿈을 꿔요.”

흰 눈처럼 나풀나풀 떨어진 휴지 조각이 바닥에 쌓이고서야 정찬양은 다시 입을 열었다.

“엄마가 나를 향해 손을 흔드는 꿈이에요.”

정찬양은 교실을 나갔던 게 그 꿈 때문이라고 했다. 수업을 듣다가 갑자기 몸이 붕 떠오르는 듯한 감각이 몰려오면 주변의 친구들이나 선생님이 뿌연 안개 속으로 사라지고, 오직 엄마의 모습만 보인다는 거였다. 엄마의 손짓을 따라가다 보니 발 내딛는 곳이 복도인지 창틀인지조차 알 수 없게 되었을 뿐 뛰어내리거나 할 생각은 없었다며 울먹였다.

"선생님, 저 미친 걸까요?"

나는 다시 휴지 한 장을 뽑아 정찬양에게 건넸다.

"걱정하지 마. 스트레스를 많이 받으면 존재하지 않는 게 보일 때가 있어. 우리 뇌는 가끔 아주 지치거든."

정찬양은 이후 심리 치료를 받는 데 동의했고 병원에서 심인성 환각 판정을 받았다. 심리 상담을 받던 중 부친의 폭력에 대해 털어놓았다. 어릴 적부터 이어지던 부친의 폭력은 정찬양이 환각을 보기 시작한 시기에 성적 학대로 심화하여 있었다. 지루한 법적 다툼 끝에 정찬양은 부친과 분리되어, 현재는 여성 전용 쉼터에서 생활 중이다.

"그래, 인간의 뇌는 나약하고 제멋대로지."

눈을 뜬 채 꿈을 꾼다면 지하철 승강장에 선 채로 꿈을 꾸는 일도 얼마든지 일어날 수 있다. 나는 마른세수를 했다. 손가락이 스친 이마가 따끔했다. 손바닥을 펴 보니 피가 묻어 있었다. 콤팩트 파운데이션을 꺼내 거울로 얼굴을 살폈다. 이마 한가운데에 손가락 한 마디 정도의 생채기가 나 있었다. 가느다란 것이 꼭, 날카로운 칼끝에 스친 듯한 모양새였다.

이마를 스쳤던 칼끝과 선명하던 아픔.

꿈이었을까, 그건.

꿈도 환각도 아니라면 대체 뭐였을까, 그건.

거울 속, 이마의 상처를 어루만졌다. 손가락에 묻었던 피가 거울을 더럽히며 얼굴 전체를 붉게 물들였다.

"사흘 후면 괜찮아질 거야."

거울 속 내게 말을 걸며 타일렀다. 거울 속, 피에 물든 얼굴이 미간을 찌푸리며 괜찮을 거 같으냐고 속삭였다. 괜찮아질 거다, 분명히. 다시 한번 조금 더 큰 목소리로 중얼거렸다. 진월을 죽인 지하철 살인마. 그 미친놈이 죗값을 치르면 분명 악몽이 끝날 거다.

사흘 후면 사건의 첫 공판 선고 날이다.

*

인간은 망각의 동물이다. 자기와 상관이 없는 일일수록 잘 잊어버린다. 아침에 전쟁이 진행 중인 나라에서 폭격으로 사망한 어린아이에 대한 뉴스를 보며 안타까워하다가도 뒤돌아서며 잊어버리고, 한 달쯤 지나면 우리나라와 상관도 없는 전쟁 뉴스를 뭐 이리 많이 보도하느냐고 짜증을 낸다. 그러면서 또 다른, 안타까워할 뉴스를 찾아 포털 사이트를 뒤적거린다. 그들의 안타까움은 비극과 상관없는 곳에서 방관하며 잊을 수 있기에 성립한다. 동생, 진월의 사건 또한 그랬다. 사고가 나고 지하철역 앞에 놓였던 꽃은 일주일 만에 사라졌다. 인터넷 속, 사건의 기사 아래 댓글은 사라지지 않고 늘어만 갔다. 댓글의 틈과 틈, 누구도 책임지지 않는 호기심이 진월을 더럽혔다. 사건을 담당한 검사는 내게 기다리라고 했다. 첫 공판이 끝날 때쯤이 되면 사람들은 자기가 그런 댓글을 달았던 것조차 잊어버릴 거라고. 사실이었다. 한 달 뒤 다른 이상 동기 살인 사건이 벌어졌고 사람들의 관심은 그곳으로 옮겨갔다.

첫 공판 날, 나는 방청석에 앉아 있었다. 내가 모르는, 사건에 관심을 가진 이들도 내 주변에 함께 앉아 있었다. 나는 그들이 왜 그곳에 있는지 도통 이해할 수 없었다. 나는 지하철 살인마가 동생과 아무 상관이 없다는 걸, 나 역시 이전에 본 적 없음을 증언했다. 재판이 끝나고, 방청객 중 한 명이 외쳤다. "힘내세요."라고. 그 순간 절감했다. 지금껏, 앞으로도 쭉 나는 혼자였고 혼자일 터였다.

선고 날, 아침부터 포털 사이트를 들락거렸다. 검색창에 지하철 살인마를 입력하기도 했다. 올라온 기사는 단 두 개뿐이었다. 석 달 전 독바위역에서 무차별로 흉기를 휘두른 K씨의 첫 공판 선고가 예정되어 있다는 지루한 사실의 나열뿐인 기사였다. 몇 번이고 인터넷을 새로고침 했다. 이상한 댓글이 달리지 않아서 다행이라 여기면서도 살인자의 처벌을 기다리는 사람이 나뿐이라는 사실이 허탈했다. 상반된 감정과, 언제 선고 결과를 알려주는 전화가 올지 모른다는 긴장이 뒤섞여 흘러내려 발 아래 늪처럼 고였다. 출근한 뒤에도 늪에 빠진 듯 좀처럼 일에 집중할 수가 없었다. 결국 점심시간 이전에 제출해야 했을 보고서를 마무리하지 못했다. 황세정은 오후 미팅 때

꼭 필요한 건데 어떻게 할 거냐고 짜증을 냈다. 그 짜증마저 내게 닿지 못하고 허공에서 바스러졌다.

"이진양 씨, 손님 오셨어요. 상담실에."

박태석의 부름에, 황세정은 나를 놓아주었다. 나는 박태석의 손짓을 따라 복도로 나갔다.

"손님 누구예요? 오늘 상담 예약 없는데."

"사실 상담실에는 아무도 없어요."

박태석의 말에 걸음을 멈췄다.

"예? 하지만 방금……."

"이진양 씨가 아침부터 몸이 안 좋아 보여서요. 황세정 씨 잔소리, 몸 아플 때 들으면 사람 쓰러지게 만드는 위력이 있잖아요."

능청스러운 말투와는 다르게, 박태석의 귓불은 새빨갛게 달아올라 있었다. 이런 걸로 부끄러워하는 사람이었나 싶었다. 이제까지 박태석과 업무를 함께한 적은 많지만, 단둘이 대화를 나눈 적은 한 번도 없었다. 나는 박태석이 불편했다. 박태석과 가끔 외근을 같이 나가면 그가 상담자를 연민 가득한 눈빛으로 바라보는 게 싫었다. 상담자가 어리면 혀 짧은 소리로 아이 어르는 목소리를 내는 건 더 최악이었다.

"그래도 완전 거짓말은 아닙니다."

내가 아무 말도 하지 않자, 박태석의 귓불이 한층 더 짙은 빨강으로 변했다. 박태석이 주머니 안에서 엽서 한 장을 꺼내 내게 내밀었다.

"정찬양이 왔었어요. 약속 안 잡고 와서 이진양 씨 불러내긴 미안하다고, 혹시 나올까 싶어 일 층에서 서성거리고 있더라고요. 이거 전해 달래요."

나는 고양이 캐릭터가 커다랗게 그려진 엽서를 건네받았다.

이진양 선생님,

쉼터에서 영화 보고 엽서 쓰라는데 전 쓸 사람이 선생님밖에 없어요. 그래도 아무도 없는 것보다는 괜찮아요.

오늘 본 영화는 주인공이 시간 이동해서 과거를 자기가 원하는 대로 고치려 한다는 내용이었어요. 귀여운 고양이가 나와서 재미있을 줄 알았는데 너무 어려워서 반쯤은 졸면서 봤어요. 그래서 주인공이 목표를 이루었는지는 잘 모르겠어요.

친구가 과거로 갈 수 있으면 뭘 할 거냐고 묻더라고요. 당연히 엄마가 죽은 날로 돌아가서, 뛰어내리는 걸 막아야지. 그런 생각이 제일 먼저 들 줄 알았거든요? 그런데 아니었어요. 아무 생각도 안 들더라고요. 역시 난 나쁜 딸인 걸까요. 하지만 돌아가서 엄마를 말려도, 엄마가 내 말을 들어줄 것 같지가 않은걸요.

쓰다 보니 우울하네요. 선생님은 우울하지 않았으면 좋겠어요. 이래 봬도 난 선생님을 좋아하거든요. 나랑 선생님, 이름도 비슷해서 자매 같잖아요.

정찬양은 쉼터에서 생활하게 된 후에도 종종 나를 찾아왔다. 학원에서 만든 거라며 빵을 한가득 가져오기도 했고 체험학습을 한 곳에서 샀다며 조잡한 브로치를 주기도 했다. 약속을 잡지 않고 불쑥 나타나는 것이, 사냥감을 자랑하러 오는 고양이 같았다.

"애가 이진양 씨를 잘 따르네요. 그래도 저렇게 불쑥 찾아오면 귀찮기도 하겠네요."

나와 박태석은 다시 걸음을 옮겼다.

"귀찮지 않아요. 중학생이었을 때에 반 애들이 이런 쪽

지나 엽서를 주고받는 게 좀 부러웠거든요. 저는 수업 끝나면 바로 집에 돌아가기에 바빠서, 그런 걸 줄 만큼 친한 친구가 없었어요.”

“왜 그렇게 바빴어요? 학원?”

“아뇨. 동생이 집에 혼자 있는 게 걱정이 돼서요.”

엽서를 주머니에 넣으려 했지만, 너무 커서 들어가지 않았다.

“동생하고 나이 차이가 얼마나 나요?”

“다섯 살이요.”

“에이, 고작 다섯 살인데 무슨…….”

박태석이 말끝을 흐렸다. 장례식 날 나와 나누었던 대화를 떠올린 게 분명했다.

“하긴. 나도 형이랑 세 살 차인데, 가끔 형이 날 어린애 취급해요. 어……. 이진양 씨는 동생 돌보는 거 힘들거나 귀찮지 않았어요? 형은 어릴 때, 내가 놀아 달라고 하면 막 도망가고 그랬어요.”

“그럴 리가요.”

단둘뿐인 가족이었다. 엄마의 장례식이 끝나고 한 달 뒤, 아버지는 나와 진월을 할머니에게 맡기고 재혼했다.

"다 늙어서 이런 짐 덩어리를 떠맡다니." 할머니는 그렇게 투덜거렸다. 육체적 영양은 충분하나 눈치와 호통에 마음을 곯는 날들이 이어졌다.

그래서 나와 진월은 매일 밤 서로를 끌어안고 이야기했다. 아무도 우리에게 책을 읽어주지 않았기에 서로의 목소리를 자장가 삼아 잠들었다. 처음엔 내가 일방적으로 이야기를 들려주는 쪽이었지만, 여섯 살이 넘어가자 진월도 유치원에서 선생님이 읽어준 동화책 내용을 손짓 발짓 해가며 들려주기 시작했다. 내 걸걸한 목소리는 듣기에 썩 좋지 않았는데 진월의 나긋한 음성은 가끔 그 자체로 자장가 같았다.

내게 진월은 그런 존재였다. 아무리 싫은 일을 겪어도 진월을 끌어안고 있으면 잊을 수 있었다. 동생의 순수한 애정이 손바닥을 통해 내게로 옮겨와 온몸의 혈관을 타고 돌아다니는 것만 같았다. 아무것도 못 해도 좋아. 몸이 약해도 괜찮아. 언니가 지켜줄게. 내가 다 해줄게. 어린 나는 더 어린 진월이 있었기에 그 냉기 가득했던 집에서 시들지 않고 자라 어른이 될 수 있었다.

그 때문인지, 동생은 또래보다 말도 빨리 익혔다. 가끔 누군가 "용하네. 아기한테 어른이 말 많이 안 걸어주면 말문이 좀 늦게 트이던데."라고 말하면 나와 동생은 서로 시선을 교환하며 웃었다. 바보다, 그치. 어른 따위 없어도 되는데. 언니가 나한테 얼마나 말을 많이 걸어줬는데. 동생과 나는 눈꼬리의 미세한 떨림과 눈동자의 움직임만으로도 대화를 할 수 있었다. 서로를 끌어안고 버틴 날들이 그렇게 만들었다.

언젠가 밤에, 진월이 내게 바짝 붙어 누워 말했다. "언니, 알지? 내가 얼마나 좋아하는지. 그러니깐 나 혼자 두고 어디 가면 안 돼. 언니가 먼저 죽으면, 내가 지옥에 내려가서 하데스랑 싸울 거야." 왜 그런 말을 하느냐고 물었더니 『만화로 읽는 그리스·로마 신화』에 실린 페르세포네와 하데스 이야기를 읽었다고 했다. 페르세포네를 납치한 지옥의 신 하데스와 딸을 찾으러 지옥으로 떠난 데메테르의 이야기. 데메테르는 딸을 완전히 되찾지 못한다. 금지된 석류를 먹어버린 페르세포네는 6개월만 지옥을 떠나 데메테르와 함께 지낼 수 있게 된다.

나는 잘도 그런 낯간지러운 소리를 한다며 웃었다. 웃지 말걸. 진지하게 답해줄걸. 복도 바닥에 새어 들어온 빛이 만들어낸 긴 그림자 끝에 내 품 안으로 파고들던 진월의 모습이 어른거렸다.

"이진양 씨는 참 강하고…… 여린 사람이군요."

박태석의 그림자가 내 그림자와 섞이며 진월의 잔영을 지웠다. 나는 긍정도 부정도 하지 않았다. 착각은 자유다. 박태석이 어험, 헛기침을 했다.

"이진양 씨, 오늘 저랑 저녁이라도 같이……."

"잠시만요."

주머니 속 휴대전화가 울렸다. 범죄피해자지원센터. 그 순간, 그 전화를 받는 것보다 중요한 일은 없었다. 당장 운석이 날아와 건물에 부딪히기 직전이라 해도 받아야만 했다.

"여보세요."

운석은 수화기 너머에서 날아왔다. 피할 새도 없이 정통으로 운석과 충돌한 내가 할 수 있는 건, 발바닥에 힘을 주고 쓰러지지 않게 버티며 조퇴해도 될까요, 라고 묻는 것뿐이었다.

*

집에 돌아올 수 있었던 건 귀소본능 덕분이었다. 반사적으로 버스를 탔고 늘 오가던 길을 걸었다. 빌라를 나오던 사람과 어깨를 부딪은 후에야 집 앞에 도착했음을 알았다. 그가 내게 무어라 욕했다. 내가 물끄러미 응시하는 동안 상대의 얼굴은 점점 일그러졌고 입도 더 크게 벌어졌다. 그 모든 것이 내겐 의미가 없었다. 왜? 왜? 왜? 왜? 왜? 왜? 내 머릿속은 답을 알 수 없는 의문으로 가득 차서 다른 무엇도 받아들일 수 없는 상태였다. 상대가 팔을 치켜들었다.

"저기요! 뭐 하시는 겁니까!"

귀에 익은 목소리가 물음표 사이를 비집고 들어왔다. 계단을 뛰어 내려온 남자가 팔을 치켜든 상대와 삿대질하며 말싸움을 벌였다. 상대가 빌라 밖으로 나가며 바닥에 침을 뱉었다. 퉤. 끈적한 가래침이 내 신발 코에 들러붙었고 남자가 내 팔을 붙잡았다. 나와 상관없던 소란은 그제야 내 것이 되었다.

"김동진, 너 왜 여기 있어?"

“누나가 계속 전화를 안 받으니까.”

“놔. 내가 왜 네 전화를 받아?”

잡힌 팔을 휘둘러 손을 떼어내려 했지만, 팔을 얽매는 손힘은 더욱 강해졌다.

“나랑 대화 좀 해. 오늘 선고일이었지? 나도 알 권리 있잖아. 누나가 진월이 때문에 힘든 거 알아. 하지만 난 이젠 우리 문제를 이야기해야 한다고 생각해.”

“왜.”

머릿속에 가득 찼던 물음이 입 밖으로 튀어나왔다.

“왜냐니. 선고가 나왔으면 일단락된 거잖아. 누나도 이젠 마음을 좀 정리할 수 있을 거 아냐.”

김동진이 내 다른 쪽 팔도 붙잡았다. 나는 김동진을 올려 보았다. 서글서글한 눈매의, 리트리버를 닮은 진월의 남자 친구. 김동진은 그대로 나를 끌어안았다.

“왜, 왜, 왜!”

“왜 그래, 누나?”

“왜냐고! 왜! 꺼져! 꺼지라고!”

두 팔로 있는 힘껏, 김동진을 떠밀었다. 김동진이 바닥에 엉덩방아를 찧었고, 그 틈을 타 계단을 뛰어올랐다. 집에 들어가자마자 현관문을 걸어 잠갔다.

"왜, 대체 왜!"

의문이 당연한 분노가 되어 터져 나왔다.

"왜 사형이 아닌 건데!"

왜. 왜. 왜. 대체 왜. 진월을 죽였는데 고작 25년 형이라니. 범죄피해자지원센터가 내게 던진 운석이 허공에서 산산조각 났다. 현관에 주저앉아 손에 잡히는 대로 집어 던지며 울었다. 쾅. 쾅. 쾅. 밖에서 김동진이 문을 두드리는 소리와 내가 던진 신발이 현관문에 부딪히는 소리가 불협화음으로 뒤섞였다. 한참 후, 문밖의 소리가 사라졌다. 더 이상 던질 것도 없었다. 남은 건 거친 내 숨소리뿐이었다.

살인범이 사형을 구형받았다면, 뭔가 달랐을까?

검사는 상고를 할 거라고 했다. 하지만 그게 무슨 소용이 있을까. 분노는 내가 원하던 게 무엇인지 확실히 알려 주었다. 범인의 처벌 따위가 아니었다.

되돌리고 싶다. 모든 것을.

이마에서 실낱같은 핏줄기가 흘러내렸다. 상처가 다시 벌어진 모양이었다. 윗입술까지 흘러내린 피를, 혀를 내밀어 핥았다. 쇠 맛이 났다. 현관문 아래 떨어진 물건 중 정찬양이 준 엽서가 눈에 띄었다. 손을 뻗어 엽서를 주웠다.

과거로 갈 수 있다면.

그것이 꿈도 환각도 아니었다면.

"……미쳤다는 소리를 들어도 상관없어."

단 한 번이라도 진월을 다시 만날 수 있다면, 무슨 수든지 쓸 것이다.

Title: 응암 삼각지대에서 이상한 일 겪은 사람?

내 친구가 6호선 타거든. 걔가 얼마 전에 해준 이야기임. 왜, 6호선에 버뮤다 지대라고 불리는 라인 있잖아. 응암역에서 시작되는 한 방향 노선. 친구가 자다가 내릴 데를 놓쳐서 새절역까지 가서 갈아타려 했대. 그런데 응암역에 도착했는데 갑자기 발밑이 뻥 뚫리더니 몸이 그 아래로 빨려 들어가는 것 같더래. 정신 차렸더니 갑자기 승강장에 서 있더라는 거야. 그 친구가 한 달 전에 할아버지가 돌아가셨거든? 지하철역에서 집으로 오는 길에 오토바이에 치였는데,

뺑소니였대. 친구가 뺑소니범 꼭 잡겠다고 아득바득 이를 갈았어.

그런데 승강장에 할아버지가 앉아 있더라는 거야. 친구는 꿈이라도 반가워서 할아버지에게 말을 걸었지. 나란히 지하철역을 나왔어. 습관적으로 휴대전화를 봤는데 날짜가 한 달 전인 거야. 이게 뭔가 싶어서 휴대전화에서 눈을 떼는 순간 오토바이가 달려와서 할아버지를 치고 달아나더래. 눈앞에서 할아버지가 치이는 걸 봤으니 제정신일 수가 있겠냐. 친구가 막 소리를 지르면서 할아버지를 끌어안는 순간 현기증이 몰려오더니, 갑자기 주변이 어두운 터널 안으로 바뀌고 전철이 자기를 향해 달려왔대. 한참이나 눈을 감고 있어도 아무 일도 안 일어나고, 누가 친구 정수리를 툭 쳤대. 눈을 떠 보니깐 친구는 지하철 안에 앉아 있었고 웬 여자가 "터가 폭주하는구나."라고 말하면서 혀를 차더래. 여자 포스가 엄청나서, 무슨 말이냐고 물어볼 엄두도 못 내고 눈만 껌뻑거리다가 내렸대.

친구는 혹시 그때 자기가 꿈을 꾼 게 아니라 시간 이동을 했던 게 아닌지 의심하고 있어. 다시 한번만 돌아가면 정신 바짝 차리고 할아버지 친 오토바이 잡을 거라고. 난 친구가 꿈꾼 거라고 생각하지만, 걔가 워낙 절실해서 말이야. 혹시 비슷한 일 겪은 사람 있어?

　ㄴ 뭐야, 소설 씀?

　ㄴ 요즘 타임리프 유행 끝났어. 다른 소재 들고 와라.

　ㄴ 나 어릴 때 옆집 아저씨가 지하철 타고 가다가 비슷한 일 겪은 적 있다고 들었음. 근데 그 아저씨 동네에서 알아주는 정신병자였어. 병원 가라.

　ㄴ 꿈꾼 거 아냐?

　ㄴ 타임리프는 보통 조건하고 트리거가 맞아야 해. 날짜와 시간, 기후나 특정 주소 등 평범한 조건들이 모여 총알이 되지. 그 총알은 평소에는 발사가 되지 않아. 그러나 딱 하나의 조건이 맞아떨어지면 트리거가 당겨지지. 그렇기에 누구라도 우연히 타임리프를 경험할 수 있지만 반복해서 경험하기는 어려워. 조건과 트리거를 알아내야 하니깐.

　ㄴㄴ 댓글에서 오덕 냄새 난다.

4

옛날 옛적에, 깊은 숲속에 사이좋은 자매가 단둘이 살았습니다. 어느 날 자매는 떡을 만들어서 시장에 팔러 갔습니다. 바구니에 떡을 나눠 들고 산을 넘었죠. 둘이 함께 손을 잡고 노래를 부르며 숲속으로, 더 깊은 숲속으로 향했습니다. 자매는 호숫가에 앉아 잠깐 쉬면서 떡을 먹기로 했죠. 언니는 제일 큰 떡을 동생에게 줬고, 동생은 그걸 반으로 잘라 꿀이 많이 든 쪽을 언니에게 줬어요. 그런데, 어흥! 맛있는 떡 냄새에 이끌린 호랑이가 자매 앞에 나타났어요. 호랑이는 날카로운 이를 드러내며 "떡 하나 주면 안 잡아먹지."라고 외쳤죠. 자매는 힘들여 만든 떡을 호랑이에게 빼앗기기 싫었어요. 호숫가에 있는 커다란 나무 위로 도망쳤죠. 호랑이는 나무 아래를 빙글빙글 돌며 계속 떡을 달라고 으르렁거렸습니다. 자매는 하늘에 도와달라고 빌었죠. 간절한 기도가 통한 걸까요. 자매의 몸이 둥실 떠올랐습니다. 동생을 지키고 싶던 언니는, 동생을 자기 등 뒤에 숨겼습니다. 그래서 언니는 해가 되었어요. 동생은 달이 되었죠. 호랑이는 자매가 해와 달이 된 줄도 모르고 계속 나무 아래를 빙빙 돌았어요. 계속, 계속, 시작과 끝을 알 수 없게 돌고 또 돌았죠. 몸이 흐물흐물 녹았습니다. 호랑이는 결국 녹아서 노란 버터 잼이 되었답니다.

*

—다음 역은 응암, 응암역입니다.

가방에 달린 인형을 만지작거렸다. 이걸로 한 바퀴다. 이젠 응암역에서 내려 다시 위로 향할 것이다.

일어날까. 정말 꿈이 아니었을까.

며칠간 내내 인터넷을 뒤졌다. 내게 필요한 건 국가적

차원의 프로젝트 참여자나 초능력자라고 주장하는 이들이 아닌, 우연히 과거에 가게 된 이들의 경험담이었다. 눈이 빨개지도록 뒤진 끝에 소규모 커뮤니티에 '응암 삼각지대에서 이상한 일 겪은 사람?'이라는 글을 발견했다. 바짝 신경을 집중하고 읽었다. 6호선과 응암역. 내가 겪은 일과 매우 흡사했다. 드디어 힌트를 발견했단 사실에 가슴이 두근거렸다. 마른침을 삼키며 작성자의 아이디를 클릭했다. 그러나 그가 쓴 글은 내가 읽은 것 딱 하나뿐이었다. 댓글도 모두 확인했지만 비슷한 경험을 했다는 내용은 없었다. 그러나 그중, 타임리프의 조건과 트리거에 대해 설명한 댓글은 꽤 도움이 되었다. 또다시 며칠간 자료를 뒤졌다.

내 방아쇠를 당긴 건 대체 무엇이었을까.

아무리 생각해도 그날, 특별한 일이라곤 두 가지뿐이었다. 지하철을 타고 응암 버뮤다 라인을 한 바퀴 돈 것과 화려한 한복을 입은 여자를 만난 거다. 그게 트리거일 순 있어도 조건 전체는 아닐 수도 있다. 그러니 최대한, 그날을 상세하게 재현해야 했다. 몇 시에 회사를 나섰고 지하철역에 몇 분쯤 도착했었는지, 언제 지하철에 탔었는지,

몇 호 칸이었는지 필사적으로 떠올렸다. 퇴근 시간은 출근 카드에 찍혀 있었다. 6시 30분. 지하철 공사 홈페이지를 확인하고, 전화를 걸고, 전철 마니아들이 모인 게시판을 뒤져서 그 시간대에 운행하는 열차가 609편성이라는 걸 알아냈다. 회사에서 지하철역까지는 걸어서 20분쯤 걸린다. 여름인데 에어컨을 틀지 않은 것처럼 땀이 났고 약냉방칸 스티커를 봤었다. 6호선의 약냉방칸은 5, 6번 칸이라고 지하철 공사 홈페이지에 명시되어 있었다. 지하철역 계단을 걸어 내려오자마자 도착한 지하철에 올라탔으니, 계단과 더 가까운 다섯 번째 칸일 가능성이 높다. 그날을 재현해 지하철역에 가보았다. 몇 번이고 반복한 결과 6120번 칸이라고 확신하게 되었다.

7시 15분에서 20분 사이에 도착하는 열차.

그중 609편성의 열차번호 6120에 탑승할 것.

애써 정리한 조건이다. 고작 이걸 알아내는 동안 검찰에서 항소를 알렸고, 두어 명의 기자에게서 가해자의 심신미약 주장을 어떻게 생각하는지 인터뷰 요청이 왔다. 황세정은 계속 혼자 칼퇴근하는 이기적인 사람 때문에 일이 두 배로 힘들다는 푸념을 굳이 내 자리 옆에 서서 떠들었다. 김동진은 진월이 자기 집에 놓고 간 물건을 돌려주겠다는 메시지를 보냈다. 답하지 않자, 전화를 걸었다. 몇 통이고 계속, 받을 때까지 걸 기세였다. 휴대전화를 껐다. 그러자 김동진은 집에 찾아와, 문밖에서 나를 불렀다. "누나, 왜 그래. 왜 나를 모른 척해." 그야 네가 동생의 남자 친구니까. 진월이 없는 너는 내게 의미가 없으니까. 듣지 않아도 당연히 답을 알 텐데도 김동진은 밤마다 꽤 오랜 시간을 귀신처럼 흐느끼다가 갔다.

앞으로 한 정거장이다.

오늘은 그날의 재현이다. 똑같은 차림새로 7시 15분에 구산역에서 609편성의 지하철을 탔다. 머리카락과 손톱 길이마저 신경 쓰여서 조금씩 잘라냈다.

문제는 그 여자다. 화려한 한복을 입었던 이상한 여자. 그 여자가 트리거라면 이 모든 게 소용없다. 그동안 그 여자가 누구인지 알아내려 갖은 애를 썼지만, 여전히 그녀의 정체를 모르는 채다. 알아낸 거라곤 여자가 입고 있던 한복이 무당이 굿을 할 때 입는 거란 사실뿐이었다. 아니, 그 여자가 트리거라면 차라리 괜찮다. 정말로 무당이라면 시간이 걸려도 어떻게든 찾을 수 있을 거다. 굿을 부탁

한다거나 하는 핑계로 함께 지하철에 탈 수도 있을 거다. 하지만 만약, 그날 지하철 안에 있던 지극히 평범한 누군가가 조건에 포함되면 어찌할 방법이 없다. 그날 지하철 안 다른 사람들의 얼굴 따윈 한 명도 떠오르지 않는다. 매일 타는 지하철의 주변 사람들 얼굴을 굳이 쳐다보는 사람이 있을까? 옆에 선 사람이나, 맞은편에 앉은 사람을 빤히 바라보면 이상한 사람 취급을 받게 될 거다.

이상한 사람 좀 되어볼걸. 그걸로 시간을 돌릴 수 있다면 머리에 꽃을 달고 춤이라도 출걸. 그럼 같은 칸 승객 모두가 한 번쯤은 나를 봤을 테고, 나도 몇몇 사람의 얼굴은 기억했을 수도 있었을 거다.

—이번 역은 응암, 응암역입니다.

인형을 꽉 움켜쥐고 자리에서 일어나려는데, 손바닥 안쪽이 따끔했다. 손바닥을 펴니 한가운데에 피가 배어나와 있었다. 손가락으로 손바닥 안쪽을 쓱 훑었다. 맺힌 핏방울이 잘못 짠 물감 끄트머리처럼 옅게 흐려졌다. 그러고 보니 그날도 무언가에 손을 찔렀다. 피가 묻었던 인형 모서리를 살폈다.

삼각형의 왼쪽에 얼룩이 하나. 이건 원래부터 있던 거

다. 어릴 적, 이 인형을 가진 때부터 옅은 분홍색 얼룩이 묻어 있었다. 할머니는 이 얼룩이 더럽다며 인형을 버리라고 성화를 부렸다. 나는 혹여라도 할머니가 나 몰래 인형을 버릴까 봐 밤에 잘 때에도 인형을 베개 아래에 깔고 잤다.

삼각김밥은 단순한 인형이 아니다.

엄마의 장례식 이후 한 번도 몸에서 떼지 않고 가지고 다닌 내 부적이다. 삼각김밥이 없으면 어쩐지 불안해서 견딜 수가 없었다. 어릴 적에는 그 불안함이 너무 커서 학교 수업 시간에도 한 손에 꽉 쥐고 있어야 할 정도였다. 선생님이 필기에 방해가 되지 않느냐고, 서랍 안에 넣어두라고 해도 소용없었다. "절대 빼앗기면 안 돼요."라며 울먹거렸던 기억이 난다. 시간이 흐르면서 점차 불안함이 옅어진 뒤에도 늘 들고 다니는 가방에 달아 혹시라도 놓고 나오는 일이 없게 했다. 일주일에 한 번씩 세탁도 했다.

"하나는 시간 이동 한 날에 생긴 거겠지. 하지만 이건……."

나는 오른쪽 모서리에 묻은 얼룩을 손가락 끝으로 쓰다듬었다. 오른쪽 모서리에 얼룩이 두 개였다. 비교적 선명한 빨강과 색이 바래 주황으로 변한 빨강. 선명한 빨강의 정체는 확실했으나 다른 하나는 도저히 언제 생긴 건지 떠오르지 않았다. 기억을 더듬으며 지하철 문밖으로 한 발을 내디뎠다.

그러고 보면 어릴 적의 나는, 대체 누가 인형을 빼앗으러 올 거라 무서워했던 걸까.

승강장에 내렸으나 내 앞에 펼쳐진 건 승강장이 아닌 깊고 새까만 터널이었다. 승강장 전체가 커다란 터널로 변해 나를 집어삼켰다. 어지러움이 어둠 속에서 손을 뻗어 나를 잡아당겼다.

반가운 고통이었다.

*

버터 잼? 내가 해줬던 이야기랑 다르네.

*

이번에야말로, 눈꺼풀 안쪽에 빛이 느껴지자마자 번쩍

눈을 떴다. 밀려오는 어지러움을 참고 주변을 둘러보았다. 손에 우산을 든 사람들. 재빨리 휴대전화를 꺼내 날짜를 확인했다. 4월 15일. 심장이 전력 질주라도 한 듯이 뛰었다.

성공이다. 성공이 틀림없다. 그래야만 한다.

시간을 낭비할 순 없다. 지난 며칠간 몇 번이고 곱씹었다. 첫 시간 이동 때 무엇을 잘못했을까. 마중 나올 필요 없다고 했는데도 왜 진월은 역에 왔던 걸까. 진월은 아마 나를 깜짝 놀라게 해주려 했을 거다. "언니랑 비 오는 날 데이트하려고 왔지." 그렇게 말했을지도 모른다. 어릴 적부터 진월은 그랬다. 놀이터에서 예쁜 돌을 주워 와 선물이라며 내미는 아이. 나는 질색하는, 실용성 없는 꽃다발을 생일 선물로 받고 뛸 듯이 기뻐하는 아이. 자신의 시간을 나누어주면 상대도 기뻐하리라 믿고 지극히 이기적인 호의를 사방에 흩뿌리는 아이. 휴대전화 액정에 진월의 메시지가 도착했다. 우산 있어? 마중 나갈까? 신경이 바짝 곤두섰다. 침착해야 한다. 크게 숨을 몰아 내쉬고 휴대전화 자판을 눌렀다.

─있어. 나오지 마.

메시지 하나를 전송한 후, 빠르게 다음 메시지를 입력했다.

—회사에서 상담자 문제로 법원에 서류 부탁한 게 있는데 그게 지금 집으로 온대. 퀵으로. 그거 못 받으면 큰일 나거든. 집에 딱 붙어 있어. 그거 받아줘.

—그래? 알았어. 마중 나가면서 두부도 사 오려고 했는데, 안 되겠네.

—꼭이야, 꼭! 퀵 받을 때까지 집에서 한 걸음도 나가면 안 돼.

—걱정하지 마! 현관 앞에 딱 붙어 서 있을게.

진짜야. 그 서류 못 받으면 나 큰일 나. 다시 한번 엄살 섞인 메시지를 전송했다. 이번 역은 구산, 구산역입니다. 지하철을 내리자마자 뛰었다. 한가롭게 걸으며 앞을 얼쩡거리는 사람들이 짜증 났다. 몇몇과 몸을 부딪쳤다. "미친. 왜 역사 안에서 뛰고 지랄이야!" 욕설쯤은 등 뒤로 흘려 넘겼다. 저런 건 조금도 난폭하지 않다. 평온한 일상이 싹둑 잘려나가는 것보다 난폭한 건 없다. 이미 그 고통을 아는 내게, 저런 욕지거리쯤 우스울 뿐이다. 거친 숨을 헐떡거리며 개찰구 앞에 섰다. 교통카드를 꺼내는 손이 부들부들 떨렸다. 툭. 교통카드가 손에서 미끄러져 바닥에 떨어졌다. 한시가 급한데 이런 실수라니. 허리를 굽혀 카드를 주우려는데 바닥이 빙글빙글 돌았다. 어지럼증이 그때까지 남아 있던 모양이었다. 손으로 무릎을 짚으며 쪼그려 앉았다. 이럴 때가 아닌데. 서둘러 집에 가야 하는데. 혹시라도 진월이 이곳에 오기 전에. 급한 마음이 어지러움과 함께 빙빙 돌았다.

"괜찮으세요? 어, 선생님?"

귀에 익은 목소리가 어지러움 속에서 나를 꺼냈다. 고개를 든 내 앞에, 정찬양이 서 있었다. 나는 정찬양의 부축을 받고 일어나 섰다. 정찬양이 내게 괜찮느냐고 거듭 물었다.

"정말 괜찮아. 잠깐 현기증 난 거야. 찬양이 넌 여기 웬일이야?"

"출근하는 중. 저 통로 안쪽 빵집에서 아르바이트해요."

정찬양이 내게 떨어졌던 교통카드를 돌려주었다. 그러더니 무언가 살피듯이 내 몸 양쪽을 기웃거리곤 손에 들고 있던 우산을 내밀었다.

“선생님, 우산 없죠. 이거 쓰고 가세요.”

“됐어. 넌 어쩌려고?”

“전 빵집에서 빌리면 되죠. 선생님 옷도 얇게 입었잖아요. 비 맞으면 분명히 감기 걸릴걸요.”

나는 슬그머니 팔을 등 뒤로 숨겼다. 반소매 셔츠 아래 드러난 맨팔이, 내가 본래 이곳에 있어서는 안 되는 이방인이란 증거 같았다.

“빨리 받으세요. 이거 원래 선생님 거예요.”

“원래 내 거라니?”

정찬양이 우산을 한 바퀴 돌리자 접힌 우산 원단에 구겨진 초록 네잎클로버가 나타났다. 센터에서 나누어준 기념품이었다. 전에, 센터에 왔던 정찬양에게 우산을 준 기억이 났다. 한 무리의 사람들이 우르르, 옆을 지나 개찰구를 빠져나갔다. 이 이상 시간 낭비 할 순 없었다. 우산을 받았다. 정찬양은 그제야 히죽 웃고는 통로 쪽으로 사라졌다.

개찰구를 나오자마자 택시를 탔다. 집까지 걸어갈 시간도 아까웠다. 택시 기사는 고작 오 분여 거리를 뭘 택시를 타느냐고 투덜거리다가, 백미러로 뒤에 앉은 나를 힐

끔 보더니 "뭐 저리 손을 떨어."라고 머쓱한 듯 중얼거리
곤 아주 빨리 차를 몰았다. 택시에서 내려, 우산을 펼 틈
도 없이 집으로 뛰어 들어갔다.

"언니, 왜 그래?"

진월이 있었다.

현관문을 열고 들어가자마자 진월이 거실의 빈백에 앉
아 있었다. 진짜 진월이었다. 놀라면 눈썹을 위아래로 두
번씩 움직이는 진월. 자리에서 일어날 때면 노인처럼 과
장된 신음을 내는 진월. 진월의 손이 내 뺨에 닿았다.

"언니, 뺨이 축축해. 우산 있단 거 거짓말이었어?"

"진월아."

내 뺨에 닿은 진월에 손에 가만히, 내 손을 얹었다. 혹
시 세게 쥐었다가 눈앞의 진월이 환영처럼 바스러져 사
라질까 봐 두려웠다. 진월의 체온이 손바닥에서 생생하
게 느껴졌다.

"……진월아."

"왜? 언니, 좀 이상하네. 무슨 일 있어?"

"아니."

나는 고개를 가로저었다. 진월의 손을 다시 한번 움켜

쥐었다가 놨다. 사라지지 않았다. 진월은 여전히 내 앞에 서 있었다. 됐다. 성공이다. 이것이 꿈이든 환각이든 시간 이동이든, 뭐든 상관없다. 지금부터가 '오늘'이다. 오늘부터 다시 진월과 하루하루를 채워나가면 된다. 별거 없는, 반복되는 날들을.

"저녁에 두부전골 해 먹자."

"진짜 별일 없는 거지?"

"그렇다니깐. 이젠 다 괜찮아."

손바닥을 통해 전해진 체온이 내 몸 전체를 덮었다. 진월이 나를 가볍게 껴안고, 등을 토닥거렸다.

"맞아. 다 괜찮아."

괜찮아. 그래. 다 괜찮다. 괜찮아질 것이다. 나와 진월, 우리가 서로의 귓가에 속삭여주던 주문이 되살아났다. 진월은 내게서 팔을 풀고는, 내 등을 욕실 쪽으로 떠밀었다.

"감기 걸리겠다. 언니, 일단 샤워부터 해."

택시에서 내려 빌라까지, 비를 맞은 건 고작 몇 분이었다. 평소라면 머리 좀 젖은 걸로 무슨 샤워까지 하느냐며 불평했을 거다. 피곤해. 매일 출근하지 않는 너는 모르겠지만 일단 집에 오면 드러눕고 싶다고. 하지만 오늘은 기꺼이 진월의 잔소리에 어울려줄 작정이었다. 오늘은, 돌아온 오늘이니깐. 진월이 내게 속옷만 입고 빌라 옥상에서 춤을 춰 달라고 해도 기꺼이 옷을 벗어 던졌을 거다. 그러니 샤워쯤이야.

욕실에 들어가 옷을 벗고 샤워기를 틀었다. 따뜻한 물이 머리 위로 쏟아졌다. 콧노래를 흥얼거리며 머리를 감았다. 더러움이 가득한 새하얀 거품이 어깨선을 타고 가슴께로 흘렀다.

샤워를 마치고 나가서 전골을 만들자. 진월과 함께 밥을 먹고, 맥주도 한 캔 따서 마시자. 영화도 볼 거다. 진월이 보고 싶어 하는 걸로. 아마 진월은 〈러브레터〉나 〈안경〉 같은, 지루하기 그지없는 영화를 고를 테지만 괜찮다. 찬란한 영화일수록 진월의 숨소리가 잘 들릴 테니깐.

그리고 내일이 되면 김동진에게 전화를 걸 거다.

샤워기의 물줄기가 거품을 씻어냈다. 더러운 건 씻어내야지. 내일은 이전의 내일이 아닌, 돌아온 오늘을 잇는 내일이니깐. 그런 내일에, 굳이 과거의 더러움을 끌어안고 갈 필요는 없다.

옷을 입고 머리를 털며 욕실을 나오는데 초인종이 울

렸다.

"진월아, 나 머리 젖었으니깐 네가 좀 나가봐."

대답이 없었다. 진월의 방을 들여다봤더니 아무도 없었다. 베란다에도, 주방에도, 어디에도 진월이 없었다. 오싹한 한기가 목덜미를 짜릿하게 타고 올라갔다. 머리카락이 덜 마른 탓이다. 목덜미를 쓰다듬으며 현관으로 향했다. 그 사이에도 초인종 소리는 기세 좋게 계속되었다.

"아가씨, 왜 이렇게 늦게 나와?"

아랫집 할머니였다. 두어 달 전에 천장 누수 문제로 다툰 이후, 빌라 입구에서 마주쳐도 슬그머니 서로 시선을 피하게 된 사이다. 그런 할머니가 집에 찾아오다니 무슨 일인가 싶었다.

"빨리 나와, 빨리."

할머니가 내 손목을 덥석 잡고 끌어당겼다.

"왜 이러세요?"

"아, 나와. 빨리! 그 뭐야, 트럭. 두부 파는 트럭 왔다는 종소리가 나서 밖에 나갔더니, 그게."

"그거요?"

할머니가 더욱 세게 팔을 당겼다. 엉겁결에 현관에 한

발을 내디뎠다. 현관에 벗어둔 펌프스가 구겨지며 아무것도 신지 않은 발바닥의 말랑한 살을 눌렀다. 그제야 진월이 신고 다니는 운동화가 사라진 걸 알았다. 다시 목덜미가 짜릿하게 울렸다. 피부 밖으로 튀어나올 듯 도드라진 핏줄을 꼭 눌렀을 때의, 전기 충격기에 쏘인 듯한 짜릿함. 그 감각의 이름.

"그래, 그거! 아가씨 동생! 그, 머리 노랗게 염색한 아가씨! 그 아가씨가 많이 다쳤어. 골목에 피 엄청나게 흘리면서 누워 있다고. 빌라 입구에! 일단 구급차는 불렀는데."

불길함이었다.

구급차 사이렌 소리가 가까워진 것과 내가 집 밖으로 뛰어나간 것 중 어느 쪽이 먼저였을까. 계단을 구르듯이 내려갔다. 구급대원 둘이 들것을 들고 빌라로 뛰어왔다. 그들이 뭐라 외쳤지만, 빗소리에 묻혀 들리지 않았다. 아니다. 비가 내리지 않았다 해도 들리지 않았을 거다.

빌라 현관 앞, 골목에 나뒹굴고 있는 우산의 초록색 클로버 로고.

우산 손잡이 아래 고인 붉은색의 작은 웅덩이.

웅덩이에 물결을 만드는 빗줄기 아래 쓰러져 있는 동

생의 몸.

"저 아가씨가 두부를 한 모 달라고 해서 꺼내려고 했죠. 그런데 어떤 남자가 골목 저쪽에서 막 달려오는 겁니다. 그러곤 칼로 저 아가씨를 찔렀어요. 미친놈 같았습니다. 찌르고 나서 허공에 뭐라고 알아들을 수 없는 소리를 지르더니 사라졌어요. 무서워서 트럭 옆에 바짝 붙어 앉아 있었죠. 어이구, 저 아가씨는 어째. 그런 거 아닐까요? 스토커? 요즘 그런 사건 많던데. 사귀던 여자와 헤어지고 나서 받아들이지 못하고 난리 치는 놈들."

트럭 운전사의 목소리가 빗줄기보다 차갑게 내리꽂혔다. 붉은 물줄기가 발끝에 와 닿았다. 나는 맨발이었다. 발톱 끝에 동생의 피가 배어들었다.

"……왜?"

평생 두부전골 따위, 먹지 않을 거다.

비명을 지른 것과, 후회가 밀려온 것과, 어두운 터널 아래로 몸이 떨어진 건 거의 동시였다.

*

호랑이가 그냥 떨어져 죽는 것보다는 버터가 되는 게 좋잖아. 뭐야, 언니. 내 이야기가 더 재미있어서 삐졌구나? 언니가 해준 이야기도 '해님 달님' 바꾼 거잖아. 응? 언니가 바꾼 게 아니야? 원래 그런 이야기인 줄 알았다고? 아니야. 원래 이야기에서는 엄마가 떡 팔러 가. 그리고 자매가 아니라 남매야. 진짜야. 유치원에서 선생님이 책 읽어줬어.

아냐. 나도 자매인 게 더 좋아. 언니 이름에는 해가 있고, 내 이름에는 달이 있잖아. 이건 우리 두 사람 이야기잖아. 그래서 엄마가 없는 거지? 그러니깐 역시 호랑이는 버터로 만들자. 그걸로 팬케이크를 백 장 구워서 우리끼리 맛있게 먹자. 언니는 팬케이크 먹어본 적 있어? 유치원에서 간식으로 나왔는데 엄청 맛있어. 진짜? 구워줄 거야?

나쁜 호랑이는 우물에 떨어지는 정도로는 안 돼. 해와 달이 영원히 같은 하늘에서 행복하게 살 수 있게 영양분이 되어줘야지.

근데 언니, 우리가 주인공인 이 이야기를 언니가 지은
게 아니면 누구야?

누가 우리를 위한 해와 달 이야기를 만들었어?

왜? 왜? 왜? 왜? 왜? 왜? 왜? 왜? 왜? 왜? 왜? 왜? 왜? 왜?
왜? 왜? 왜? 왜? 왜? 왜? 왜? 왜? 왜? 왜? 왜? 왜? 왜? 왜?
왜? 왜? 왜? 왜? 왜? 왜? 왜? 왜? 왜? 왜? 왜? 왜? 왜? 왜?
왜? 왜? 왜? 왜? 왜? 왜? 왜? 왜? 왜? 왜? 왜? 왜? 왜? 왜?
왜? 왜? 왜? 왜? 왜? 왜? 왜? 왜? 왜? 왜? 왜? 왜? 왜? 왜?
왜? 왜? 왜? 왜? 왜? 왜? 왜? 왜? 왜? 왜? 왜? 왜? 왜? 왜?
왜? 왜? 왜? 왜? 왜? 왜? 왜? 왜? 왜? 왜? 왜? 왜? 왜? 왜?
왜? 왜? 왜? 왜? 왜? 왜? 왜? 왜? 왜? 왜? 왜? 왜? 왜? 왜?
왜? 왜? 왜? 왜? 왜? 왜? 왜? 왜?

지하철역에 오지 않았는데도 어째서? 이번에도 나 때문

인 거야? 역시 꿈이다. 환각이다. 내가 진월이 죽지 않은 상황을 상상하지 못해서 환각 속에서도 계속 죽는 거다. 혹시 내가 멀쩡히 생활하고 있는 것도 망상 아닐까? 현실의 난 정신병원에 묶여 있을 거다. 분명히.

5

아니다. 아니야! 내가 미친 게 아니다. 맙소사. 환각도 꿈도 아니었다. 바뀌었다. 진월의 죽음도, 범인의 형량도 바뀌었다.

범죄피해자지원센터에서 전화가 와서 항소가 진행되기 전에 1심 선고문을 살펴보라고 충고했다. 피해자 가족인 나는 분명 또 불려 갈 테니 준비해야 한다는 거였다. "저쪽도 항고할 겁니다. 피해자 가족 된 처지에서는 고작 42년 형인 게 말이 되나, 살인범이 여든 살쯤 되어서 사회에 나와 돌아다니는 게 말이 되나 싶지만요. 분명 저쪽에선 그것도 형이 과하다고 할 거예요. 정신 분열을 들고 나왔다는 건 어떻게든 형을 깎아보겠다고 선언한 거나 마찬가지거든요." 충고를 듣다가 어리둥절했다. 42년이라니? 1심에서 범인이 받은 형량은 분명 25년이었다. 잊을 수도 없는, 숨을 막히게 했던 어이없게 적은 형량.

그 형량이 바뀌었다.

진월에 대한 기사를 검색해 정신없이 읽었다.

이상 동기 살인범 1심 선고…… 연이은 참극.

3개월 전 4월, 서울의 한 빌라 골목에서 A씨(여, 28세)를 흉기로 찔러 살해한 혐의로 재판 진행 중이던 범인 B씨에 대해 법원이 42년 형을 선고했다. 검찰은 기존의 사형 유지를 고수, 항소할 계획임을 밝혔다. 한편, B씨 측에서는 심신미약을 주장하고 있다.

양쪽 논쟁의 중점에는 우산이 있다. B씨는 피해자를 해친 이유를 우산 때문이라고 밝힌 바 있다. B씨는 학창 시절 동급생에게 폭력 피해를 입었다고 주장한다. 폭력의 가해자가 네잎클로버를 좋아해서 클로버를 보면 분노 조절이 되지 않는 상태였는데 피해자가 클로버가 그려진 우산을 쓴 걸 보고 충동적으로 저지른 행위라고 진술했다. B씨 측은

이를 심신미약의 증거로 내세웠으나 검찰 쪽에서는 반대로 식별 가능 상대를 골라내 범죄를 저질렀기에 심신미약으로 볼 수 없다고 맞섰다. B씨는 범행 당시 무직 상태였으며 5, 6여 년간 은둔 상태였던 것으로 알려졌다. 범행 당일, B씨는 범행 장소에서 도보로 15분쯤 떨어진 지하철 역사 주변을 배회하다가 주택가까지 걸어왔으며, 거기서 피해자를 마주해 범행을 저질렀다. 당시 목격자들은 B씨가 역사 근처에서 품속에 손을 넣고 헤매는 걸 보았으며 무언가를 찾는 듯이 주변을 두리번거렸다고 말했다. 양측은 모두 이번 결과에 불복, 상고할 예정이다.

범행 장소도, 범인의 형량도 모두 바뀌었다. '지하철 살인마'라는 명칭도 사라졌고 피해자도 진월 한 명이었다. 그 모든 게, 시간 이동으로 내가 겪었던 상황과 일치했다.

나는 미치지 않았다. 그리고, 그리고…….

돌아간 4월 15일에서 진월을 구하면 설령 다시 터널에 빠져 돌아오게 되더라도 진월은 이 시간에 살아 있을 거다. 겪은 대로 바뀐 상황이 증거다.

다시 시작해야 한다.

무슨 수를 쓰든, 돌아간 그날 진월의 죽음을 막을 것이다.

*

24일: 실패. 지하철역에 오지 못하게 하는 것까진 성공. 집에 가는 길에 사망 소식. 비 오는 날인데 퀵 배달원이 걱정이니 나가서 살펴보겠다는 메시지를 뒤늦게 확인. 왜? 그렇게나 쓸데없는 상냥함이라니.

26일: 실패. 성공이었는데. 거의 성공이었는데. 밤 11시경 진월이 혼자 외출했다가 범인과 마주쳤다. 기사에 범인이 '그날 클로버를 하나라도 없애야만 했다'라고 자백했다는 부분 추가됨. 이전에는 환청에 대한 자백은 전혀 없었다. 심신미약은 분명 거짓말이다.

28일: 실패. 하루만 더 전날로 돌아갈 수 있다면 얼마나 좋을까. 그러면 범인을 찾아내서, 범인이 진월을 죽이기 전에 내가 범인을 죽일 수 있을 텐데. 혹시 다시 시간 이동을 할 때에는 그런 기적이 일어날 수도 있지 않을까 싶어 범인에 대한 정보를 알아내려 갖은 애를 썼다. 하지만 내가 알아낼 수 있는 건 거의 없었다. 범인이 살던 곳을 알아내는 데만 꼬박 하루가 걸렸다. 심지어 범인의 실 거주지가 거기인지 아닌지 알 도리가 없다.

29일: 실패. 아무래도 4월 15일 이외의 날로 돌아갈 수는 없는 모양이다. 한 시간이라도 더 빨리 돌아갈 수 있다면. 그런 미련을 떨칠 수가 없다. 그러면 집으로 달려가서 그 우산을 버려버릴 거다.

30일: 동생의 피가 발톱 아래에 박힌 채 빠지지 않는다. 나는 미치지 않았다. 그러나 이제 곧, 미칠 것만 같다.

*

"이진양 씨, 괜찮아요?"

책상 위에 커피가 놓였다. 모니터에서 고개를 돌리자, 박태석이 커피 옆에 안약을 내려놓았다.

"눈이 새빨갛게 충혈되었어요."

"감사합니다."

며칠간 제대로 자지 못했다. 가볍게 목례하며 미소 지었지만, 속으로는 박태석을 향해 빨리 가라고 외쳤다. 진월의 기사를 검색하던 중이었다.

"무슨 일 있어요? 혹시 내가 도와줄 거 있으면 말해요."

무슨 일이 있냐고? 있지. 일주일 사이에 동생이 죽는 걸 몇 번이나 봤다. 진월의 죽음과 마주친 순간마다 여지없이 원래의 시간대로 돌아왔다. 돌아온 후에도 진월이 바닥에 쓰러진 모습이 자꾸만 떠올랐다. 그 잔상을 떨칠 새도 없이 다시 그날로, 또 그날로. 이대로 빙글빙글 돌다가는 녹아버릴 것이다. 나무 아래를 돌다가 버터가 되어버린 호랑이처럼.

"괜찮습니다."

"그래요. 그럼……. 커피 잘 마셔요."

박태석은 그렇게 말하면서도 자리를 뜨지 않았다. 자꾸만 커피를 힐끔거리는 모습이, 마시는 척이라도 해야 갈 기세였다. 어쩔 수 없이 커피를 들어 한 모금을 마셨다. 컵홀더에 무언가 쓰여 있었다. '위로가 필요하면 언제든 말해요. 맛있는 밥 사줄게요.' 컵홀더의 글자를 처음부터 끝까지, 다시 한번 눈으로 씹듯이 읽은 후 박태석을 올려 봤다. 시선이 마주치자, 박태석은 빙긋 웃고는 그제야 자리를 떴다. 얼굴에 열이 올랐다. 커피의 향이 너무 강렬한 탓인지 일순 가슴이 크게 요동쳤다. 커피를 들고 자리에서 일어났다.

이건 독이다. 더 이상 마시면 안 되는 독.

비슷한 독을 마신 적이 있다. 대패 삼겹살이 익어가던 불판 아래쪽에서 닿았던 발끝의 꼼지락거림. 소주잔을 부딪칠 때마다 슬쩍 닿던 손가락의 움직임. 누나, 술 마시는 모습이 멋있네요. 결기 띤 음성을 심드렁하게 받아넘겼다. 진월이는 술을 못 마시잖아요. 좀 어린애 같아요. 신경도 쓰지 않고 흘려 넘기던 말이 독이 되어 소주잔에 섞였다. 진월이가 아니라 누나처럼 어른스러운 사람이 제 이상형이었는데. 툭. 툭. 김동진은 영악했다. 진월과 4년여의 장기 연애 중이던 김동진은 나와도 자주 마주쳤다. 소주잔에 독이 넘실거리던 1년여 전에는, 김동진이 내 소개로 센터 멘토 프로그램의 강사로 참여했기에 더 그랬다. 진월이보다 누나랑 더 자주 만나는 것 같네요. 내내 '진양 씨'던 호칭이 '누나'로 바뀌기까진 한 달이 채 걸리지 않았다. 진월보다 더, 진월보다 더. 김동진이 그렇게 말할 때마다 감히 내 앞에서 그런 소리를 하느냐고 타박하면서도 진지하게 화내지 않았다. 진월이 누구나 이름을 대면 알 정도로 커다란 영상 프로덕션에서 활약하던 때였다. 진월이 메인 연출을 맡은 웹 드라마가 히트하면서, 신인이었던 배우들은 물론 연출자인 진월까지 주목을 받았다. '센세이션을 일으킨 이십 대 웹드 연출가'라는 제목의, 진월을 인터뷰한 기사가 포털 사이트 메인에 걸리기도 했다. 주변 사람들이 "진양 씨 동생, 대단하네.", "진월이는 참 뭐든 잘한다니깐.", "언니만 한 동생 없다는 거 순 헛소리야. 그렇지?"라며 칭찬과 농담과 비아냥거림이 한 숟가락씩 섞인 말을 건넸다.

그래, 말. 그놈의 말. 나와 진월과는 아무런 상관도 없는 말들이 문제였다. 진월이 친구들과 어울리며 집에 늦게 돌아오기 시작했을 때, 외고에 진학했을 때, 전국 고등학생 미디어 대회에서 상을 받았을 때, 사방에서 날아온 말들이 나와 진월의 사이에 조금씩 도랑을 만들었다. 나는 점점 넓어지는 도랑 한편에 서서, 진월이 어릴 때 지어낸 이야기를 떠올렸다. '해님 달님'과 '꼬마 삼바와 호랑이'가 뒤죽박죽 섞였던 이야기. 그 속에서 나는 해였다. 해가 달을 제대로 숨겨주려면 달보다 밝아야만 한다. 그러나 어른이 된 내게 '진월보다 더'라고 말해주는 건 김동진뿐이었다. 그렇기에 그건 거부할 수 없는 독이 되었다.

한번 독을 통째로 마셔버리면 그 뒤론 되돌릴 수가 없다. 중독되어버린다. 해롭다는 걸 알면서도 습관적으로 원하게 된다.

박태석은 이전에 내게 커피를 사준 적이 없다. 내가 대상포진에 걸려 목 한쪽에 붉은 두드러기가 올라왔을 적에도 괜찮냐고 물어보지 않았다. 회식 자리에서 나와 박태석이 술안주로 오를 수 있었던 건, 박태석이 나를 말하는 서류함 혹은 움직이는 상담소로 여긴다는 게 태도에 확연히 드러나서였다. 만약 박태석이 나를 조금이라도 이성으로 의식하는 티를 냈다면 술안주 역할은 다른 이에게 넘어갔을 것이다. 내가 아닌, 박태석을 존중하기 위해. 박태석의 사회적 위치와 그를 둘러싼 소문은 그를 존중받아 마땅한 존재로 만들었다.

이 커피를 마시면 나도 그 존중의 찌꺼기를 나누어 받을 수 있다는 헛된 기대를 하게 될 거다. 그건 은밀하게 감추지도 못한다는 점에서 김동진의 독보다 더 치명적일 터다.

"아까 봤지? 이진양, 결국 박태석한테 커피 얻어 마시더라.”

“눈 시뻘게져서 온 보람이 있네. 그런 식으로 자기 힘들다는 거 어필하는 거 한두 번도 아니잖아. 몇 개월째야.”

“박태석이 마음 약한 거 알고 저러는 거지. 죽은 동생만 불쌍하다. 언니란 사람이 저렇게, 자기 죽은 걸 남자한테 꼬리 치는 데 이용하는 거 알면 저승에서 기어 올라올 거야.”

“슬프기나 하겠어? 보험금에, 보상금에 왕창 나왔을 텐데.”

“하긴. 이진양 쟤 좀 사이코패스 같아. 상담할 때도 완전 무덤덤하잖아. 난 불쌍한 사람들 사연 들으면 펑펑 우느라 상담이고 뭐고 못 할 거야.”

“회사 좀 그만뒀으면 좋겠어.”

“야, 그건 안 되지. 안 그래도 일손 부족해서 죽겠는데.”

탕비실 문 너머에서 깔깔거리는 웃음소리가 새어 나왔다. 황세정의 목소리가 제일 컸다. 나는 탕비실 문에 등을 대고 쪼그려 앉았다. 목이 멨다. 도저히 삼킬 수 없는 말들이 목에 걸려 금방이라도 질식사할 것 같았다. 커피를 마셨다. 독은 독으로 물리쳐야 하는 법이다. 미적지근한

커피가 목구멍 아래로 녹아 흘러 내려갔다. 컵이 바닥을
보일 때쯤 몸이 앞으로 밀렸다.

"뭐야. 이진양 씨, 왜 여기 앉아 있어요?"

황세정이 탕비실에서 나오며 뜨악한 표정으로 나를 내
려다봤다. 나는 자리에서 일어나, 손에 든 컵을 내보였다.

"이거 버리려고요."

"그냥 사무실 쓰레기통에 버리면 될 걸."

황세정은 손에 텀블러를 들고 있었다. 센터의 로고가
커다랗게 박혀 있는, 기념품 중 하나였다.

"그거 텀블러, 안 쓰실 줄 알았어요. 촌스럽다고 싫어하
시기에."

내 말에, 황세정은 들고 있던 텀블러를 가볍게 흔들어
보였다.

"이거요? 싫죠. 그러니깐 회사에서 막 쓰는 용도로 딱
이잖아요. 아끼는 텀블러는 집에서만 쓰죠. 원래 그렇잖
아요."

황세정이 한 발 내게로 다가와 구두 끝이 붙을 정도로
바짝 붙어 섰다.

"이진양 씨도, 진짜 소중한 거랑 소모품으로 쓰는 것쯤

은 나눌 거 아니에요. 그리고 자기가 어느 쪽인지도 주제 파악쯤은 할 테고."

나는 황세정의 손에 들린 텀블러를 봤다. 구두 끝을 누르는 아픔은 어찌 되든 좋았다. 텀블러에 그려진 네잎클로버. 그날 황세정의 발아래에 놓여 있던 우산에도 그려져 있던 클로버. 진월을 죽인 범인은 말했다. 오늘 클로버를 하나는 꼭 없애야 했다고.

"그러게요."

왜 지금까지 그 생각을 못 했을까.

"소모품의 존재를, 이제야 알았네요."

황세정은 내 이마에 숨결이 닿을 정도로 세게 콧방귀를 뀌고는 몸을 돌렸다. 지가 소모품인지도 모르는 저 꼴 좀 봐. 황세정은 알았을까. 나를 노린 빈정거림의 끝이, 빙그르르 한 바퀴를 돌아 누구를 가리킬지를.

또 한 번의 시간 이동은 이전과는 다를 것이다.

*

터널로 떨어지는 감각도 이젠 익숙하다. 눈을 뜨고 바

로 주변을 살폈다. 몇 번이고 돌아온, 비 오는 그날. 황세정이 건너편 자리에 앉은 걸 확인하고 몸을 일으켰다.

"세정 씨도 이 라인 타는지 몰랐어요."

내가 말을 걸자, 휴대전화를 들여다보고 있던 황세정이 고개를 들었다. 하지만 말을 건 상대가 나라는 걸 알자마자 심드렁한 표정으로 다시 휴대전화를 봤다.

"그냥 뭐, 갈 곳이 있어서요."

그다지 대화하고 싶지 않다는 기색이 역력히 묻어나는 목소리였다.

"바쁜 일이에요?"

"그냥 친구 집. 뭘 그렇게 자꾸 물어요?"

"제가 다음 역에서 내리는데 우산이 없어서요. 같이 내려서 우산 좀 씌워주세요."

황세정이 고개를 숙인 채 눈만 위로 치켜떴다.

"전 거기서 안 내려요. 이진양 씨 우산 씌워주겠다고 내릴 정도로 한가하지도 않고요."

목소리만으로 접근 금지 바리케이드를 칠 수 있다면 황세정이 나와의 사이에 설치한 건 웬만한 공사장용 두께쯤은 됐을 거다. 그럼에도 나는 꿋꿋이 허리를 숙여 황세정에게 속삭였다.

"황세정 씨한테 긴히 상담할 것도 있고요."

"상담? 왜 저한테요?"

황세정이 내 얼굴에 드리워진 그늘이 귀찮다는 듯 손을 한 번 내저었다. 파리를 쫓듯이 나를 쫓아내고 싶은 걸 수도 있다. 나는 그 손짓을 무시하며 황세정의 귓가에 입을 바짝 붙였다.

"박태석 팀장님이 저랑 같이 외근 나갔다가 고민을 털어놓으셨거든요. 주변에 친한 여자가 없어서 저밖에 도움 요청할 사람이 없다고요."

"……박태석 팀장님이요?"

그제야 고개를 든 황세정은, 뺨이 닿을 듯 가까운 나와의 거리에 놀란 듯 앉은 채 엉덩이를 들썩여 뒤로 몸을 뺐다. 하지만 내가 허리를 펴려 하자, 어깨를 붙잡아서는 자기 쪽으로 끌어당겼다. 마주 본 황세정의 눈이 커다란 사탕을 처음 본 어린아이처럼 타는 듯이 빛났다.

"무슨 고민인데요? 그걸 왜 나한테 상담하려고 하는 거예요?"

나는 황세정에게 더욱 큰 사탕을 보여줄 참이었다. 기

꺼이 황세정이 당기는 대로 끌려가 다시 그녀의 귀에 속삭였다.

"그 고민을 해결해줄 수 있는 사람이 황세정 씨뿐이라서요."

역에 도착했다는 안내방송이 나왔다. 나는 시간이 없어 아쉽다고 말하며 몸을 일으켜, 지하철 문 앞에 가 섰다. 문이 열리고 밖으로 나가는 내 등 뒤로 다급한 발소리가 따라붙었다.

"잠깐만. 이진양 씨, 같이 가요."

나와 황세정은 함께 지하철 승강장에 내렸다.

"박태석 팀장님이 요즘 마음에 둔 사람이 있는데 어찌해야 할지 모르겠다고 하더라고요."

나는 기꺼이 황세정이 원하는 이야기를 지어냈다.

"왜요? 박태석 씨 정도면 마다할 여자 없을 텐데."

나는 피리 부는 사나이가 되어 뜸을 들였다가, 다시 황세정이 듣고 싶은 정답 근처를 건드렸다가, 짐짓 황세정의 열기를 모르는 척 삼천포로 새며 승강장 계단을 올랐다. 통로를 지나 개찰구 앞에 도착했을 때, 황세정은 완전히 몸이 달아 있었다.

"박태석 씨가 사내 연애도 괜찮을까 고민한다 이거죠? 같은 부서가 아니라도 신경 쓰이지 않을까 했다고?"

"예, 그렇죠. 어휴, 어쩌지. 이제부터가 진짜 중요한 부분인데 어디 들어가서 대화할 시간은 없고. 우산을 사야 하는데……."

내가 주변을 두리번거리자 황세정이 내게 눈을 흘겼다.

"애초에 우산 씌워주려고 했어요. 능청 떨기는."

황세정은 보란 듯이 우산을 들어 보이고는 나보다 먼저 개찰구를 나갔다. 나도 뒤따라 나갔다. 황세정이 역사 건물 입구에 서서 우산을 폈다. 초록색 네잎클로버가 공중에서 한 바퀴 빙그르르 돌았다.

달려온 남자가 우산 아래로 파고들었다.

황세정의 허리를 끌어안듯 엉겨 붙은 남자와, 황세정이 함께 바닥에 넘어지며 굴렀다. 바닥에 떨어진 우산의 클로버가 싱그러웠다.

"고마워요. 소모품이 되어줘서."

범인이 사방에 칼을 휘둘렀고 사람들이 흩어졌다. 역무원이 달려왔고, 경찰이 범인을 붙잡았다. 그동안 나는 황세정의 피가 바닥에 번지는 모습을 봤다. 빗줄기에 흠

뺨 젖은 옷이 피부에 달라붙었다.

범인이 진월을 해친 게 우산 때문이라면, 누군가 다른 사람이 그 우산을 들고 범인과 마주치면 된다. 진월이 죽기 전에 범인이 체포되면, 과거는 확실하게 바뀔 거다.

나는 범인의 팔다리를 누르는 경찰의 옆을 지나, 우산을 쓴 인파 속으로 향했다. 이젠 집에 가면 진월이 있을 거다. 오늘이 지나도 죽지 않고 내일을 맞이할 거다. 나와 함께. 이야기의 끝은 '자매는 행복하게 계속 함께 살았습니다'가 좋은 법이다.

등 뒤에서 어수선한 고함이 울렸다. 피해자의 맥이 뛰지 않습니다. 출혈이 너무 과해요. 심정지 확인. 곧장 검색반에 연락을. 황세정이 죽었구나. 그렇게 생각한 순간, 터널의 어둠이 눈앞에 밀려왔다.

*

승강장의 회색 콘크리트 바닥이 지독하게 흔들렸다.

돌아왔다. 원래의 시간으로.

역사를 나가 바로 택시를 잡았다. 택시 안에서도 계속

한기와 어지러움이 몰려왔다. 한 손으로 입을 막고 창문을 열었다. 이전에는 없던 토기가 계속 올라왔지만, 그 정도쯤은 감내할 수 있었다.

드디어 진월을 구했다. 이번에는 분명하다. 창을 통해 택시 안으로 들어온 바깥 공기에 점점 속이 가라앉았다. 그만큼 선명하고 뿌듯한 기쁨이 차올랐다. 휴대전화를 꺼내 진월의 번호를 눌렀다. 지금까지 해지하지 않고 놔둔, 장례식 이후 한 번도 건 적 없는 번호다. 신호가 갔다. 곧 수화기 너머에서 진월의 목소리가 들려오겠지. 언제나처럼 언니, 라고 부를 것이다.

그러나 택시가 빌라 골목에 멈출 때까지 전화는 한 번도 연결되지 않았다. 뿌듯함이 초조함으로 바뀌었다. 택시에서 내려 터질 듯한 심장을 부여잡고 빌라 안으로 들어갔다. 집 현관문 손잡이를 움켜잡고 빌었다. 하느님이든 부처님이든, 이름 모를 어느 나라의 무슨 신이든 좋으니 제발 단 한 번만 기도를 들어주소서. 이 문을 열면 동생이 있기를. 부디 이 절망적인 뫼비우스의 띠가 더 이상 반복되지 않기를. 힘을 줘 손잡이를 당겼다.

"진월아."

아무도 답하지 않았다. 현관에 놓인 건 아침에 나갔을 때와 마찬가지로 내 구두 한 켤레뿐이었다. 거실에도 인기척이 없었다. 진월의 방문을 열었다. 전화번호처럼, 미처 처분하지 못한 진월의 짐만 쌓여 있었다.

바뀌지 않은 걸까. 아니다. 단언할 수 없다. 어쩌면 진월이 출장을 간 걸 수도 있다. 나와 함께 살지 않게 된 상황일 수도 있다. 가능성은 얼마든지 있다. 나는 진월의 침대에 걸터앉아 휴대전화를 노려보았다. 걸고 싶지 않다. 그러나 이게 확인하기에 제일 빠른 방법이었다.

—왜? 돈 마련됐냐?

아버지의 퉁명한 목소리가 수화기 너머에서 느릿하게 기어 나왔다.

"진월이가 죽었나요?"

—뭐? 무슨 헛소리야?

"대답해주세요. 진월이가 죽었어요?"

—그만 좀 해라. 진월이 죽은 게 너만 슬프냐? 석 달쯤 지났으면 정신을 차려야지. 돈은 어떻게 됐어? 너, 나 재혼 방해하려고 일부러 이러는 거지? 이전 결혼도 너 때문에 끝장난 셈인데, 재혼도 못 하게 해? 나 혼자 늙어 죽

으라는 거냐? 아버지가 새 출발 좀 해보겠다는데 이러기
냐? 하여간 제 어미랑 똑 닮아서는 주변에 저주를 흩뿌
려. 진월이 죽은 것도 네가 재수가 없어서 그런 거야.

아버지는 엄마가 죽은 뒤 두 번 결혼했고, 두 번의 결혼
생활 모두 반년을 넘기지 못했다. 아버지는 두 번의 이혼
모두 내 탓이라고 했다. 엄마의 사고 때, 내가 제대로 증
언하지 않아 경찰에 오래 붙잡혀 있어서 사람들에게 '아
내 살인 용의자'로 낙인찍혔단 거였다. 그 망할 년들. 내
가 자기를 죽이려고 했다고 어찌나 지랄하는지. 결혼한
사이에 보험 수령인이 남편인 게 뭐가 이상해? 자기들도
내 돈 보고 결혼한 거면서 깨끗한 척은 얼마나 하던지. 나
한테 첫 결혼 때 받은 보험금 다 썼냐고 캐묻더라니깐. 아
버지가 이혼한 아내에 대한 험담을 줄줄 이어가는 동안,
나는 필요한 정보를 찾아 불쾌한 대화를 더듬었다.

—어쨌든 빨리 돈 보내! 잔금을 보내야 신부가 들어온
다잖아.

"잔금이요?"

—중개업체에 천 주고, 여자 친정에 천 주기로 했어. 딱
스무 살이란다. 만나봤는데 아주 어리고 건강해. 한국말

도 열심히 배워서 다른 베트남 애들하고 비교가 안 되게 잘하더라. 내가 치매 걸려서 화장실 수발 받아야 할 처지라도 되어봐라. 그렇게 건강한 아내가 옆에 딱 붙어서 보살펴줘야 너한테도 폐를 안 끼치지. 너한테도 좋은 일이야. 연금 든다고 생각하고 얼른 돈 보내라.

아랫입술을 꽉 깨물며 전화를 끊었다.

바뀌지 않았다. 대체 왜? 분명히 범인은 황세정을 죽이고 체포되었다. 그런데 왜 돌아온 이 시간대에서 '진월의 죽음'은 바뀌지 않은 걸까.

"진월이 죽지 않았는데도 돌아온 것과 관련이 있나……?"

지금까지는 내가 진월의 죽음을 알게 된 순간 원래의 시간으로 돌아왔다. 하지만 이번에는 진월의 죽음에 대해 알지 못했는데도 돌아왔다. 무언가 다른 조건이 있는 걸까. 아니면 시간 이동을 할 수 있는 조건과 원래의 시간으로 돌아와도 진월이 생존할 수 있는 조건은 다른 걸까. 속이 메슥거리며 두통이 다시 몰려왔다. 옆에 던져놓은 휴대전화가 계속 요란한 진동을 울려서 베개 아래 집어넣어버렸다.

나는 그대로 침대에 가로누워, 깊게 숨을 들이마셨다.

진월의 냄새가 조금이라도 침대에 남아 있었으면 했다.

그러나 아무 냄새도 나지 않았다.

메모 6

Title : 지하철에서 이상한 옷 입은 여자 봤음?

어제 저녁에 응암역에서 이상한 옷 입은 여자 본 사람? 되게 화려한 한복이었는데, 명절 때 입는 거랑 좀 많이 달랐어. 내가 첫째 칸에 탔는데, 그 여자가 타서 혹시 이상한 사람인가 싶어서 옆 칸으로 도망갔거든? 근데 그 여자도 옆 칸으로 오는 거야. 다시 옆 칸으로 도망치니깐 다시 따라오고, 또 옆 칸으로 가도 따라오고……. 그때마다 혼잡하던 지하철 안이 무슨 기적이 일어난 거처럼 사람들이 옆으로 쫙 갈라져서 비키는데 꿈꾸는 줄 알았어. 결국 제일 끝 차량까지 갔거든. 뭐였을까, 그 여자. 나 말고 본 사람 있어? 나 귀신 본 거 아니지?

ㄴ 어, 나도 봤어. 포스 장난 아니더라.

ㄴ 응암역이지? 난 2년 전에 만난 적 있음. 그거 굿하는 거 아냐?

ㄴㄴ 굿? 지하철에서 무슨 굿을 해?

ㄴ 무당은 맞을 듯. 조선시대에는 왕십리 일대가 성안의 시체가 나왔던 광희문과 인접하고, 질병을 관리하는 활인서도 옆에 있었고, 신당동이나 금호동 같은 화장터도 있던 데거든. 그래서 기운이 세대. 거기에 은평구가 북한산 자락이랑 인왕산 지세랑 같이 품고 있어서 이전부터 기가 좋다고, 무당들 많이 와. 서울에서 신점으로 유명한 데 다 거기 있어.

ㄴㄴ 잘 아네. 그럼 진짜 굿도 해?

ㄴㄴ 대학교 전공이라 깔짝깔짝 알아. 지하철에서 굿하는 건 모르겠는데 금성당제라고 전통의례 재현하는 그런 행사 하거든. 거기 참석했던 무당이 옷 안 갈아입고 지하철 탄 걸 수도 있지.

ㄴㄴ 오, 나도 민속학 전공이라 반갑네. 거기 고택골 자리

였던 곳 탐방도 갔었어. 그러고 보니 그때, 그 근처 무당한 테서 그런 말 들은 적 있어. 거기 엄청 유명한 무당이 산대. 국회의원들도 다 몰래 찾아가는 무당. 개씨 성을 가진 여자라던데. 그 무당이, 일반인에게는 절대 공개되지 않는 특별한 책을 가지고 있다는 거야. 그런데 그 무당이 기운이 센 이유가……

ㄴㄴ, 이유가 뭔데?

ㄴㄴ, 뭐야. 왜 말을 하다가 말아? 어디 갔어?

ㄴㄴ, 뜸 그만 들여. 게시물 새로 작성할 기세네.

ㄴㄴ, 오랜만에 생각나서 들어왔는데 이 사람 계속 잠수야? 뭐야. 귀신한테 잡혀가기라도 한 거 아냐?

6

　바닥에 흐른 피가 고여 발아래로 흐른다. 또 그 꿈이다. 엄마가 살해당하는 꿈. 오늘 같은 날 꼭 꿈에 나와야 하나요. 몇 번이고 악몽을 꾸는 동안 처음으로 원망이 치솟았다. 이것이 엄마를 기억하지 못한 죄책감이 불러온 악몽이라면 이런 날에는 찾아오지 않아도 될 거다. 진월을 구하지 못했다는 죄의식에 짓눌린, 오늘 같은 날에는.

　"엄마도 나한테 해준 거 없잖아. 기억하지 못해도 들어서 다 알아. 맨날 술만 먹었다며. 그런 엄마니깐 기억에서 지운 거야. 분명해. 그런 거라고!"

　꿈속에서 처음으로 엄마에게 말을 걸었다. 바닥에 힘

없이 누운 엄마의 입이 달싹거리며 움직였다. 툭. 힘없이 뻗은 엄마의 손에서 무언가가 바닥으로 떨어졌다. 저게 뭐지. 언제나 같았던 꿈이 바뀌었다. 어쩌면 이 꿈에서는 엄마를 해치는 저 그림자 같은 형체가 누구인지 볼 수 있지 않을까. 발뒤꿈치를 들고 살금살금 엄마를 향해 다가 갔다.

엄마의 옆에 떨어진 건 인형이었다. 위쪽은 하얗고 아래쪽은 까만, 양쪽 다리의 길이가 다른 삼각형, 내 부적인 삼각김밥이었다. 삼각형의 한쪽 모서리가 붉은 피에 물들어 있었다. 엄마의 머리에서 흘러나온 피였다. 인형을 집어 들자, 내 손에도 피가 묻었다.

색이 바랜 채 끊겼던 기억의 필름이 선명하게 되살아났다.

엄마가 바느질하고 있었다. 조심스럽게 천에 바늘을 찔러넣고 웃었다. 토스터에서 튀어 오른 식빵 한 조각과 잼을 발라 건네주던 엄마의 손. 나란히 누운 이불 속에서 얽혀오던 발가락의 꼼지락거리는 감촉까지도 떠올랐다.

이건 내가 아는 엄마가 아니다. 할머니와 아버지가 알려준 엄마는 술주정뱅이, 아버지와 나에게 진월의 양육까지 떠넘길 정도로 무기력하고 만취 상태로 차를 몰고 나가 사고를 내는 게 전혀 이상하지 않은 형편없는 사람이었다. 그런 엄마가 죽은 충격으로 아버지를 변호하지 못한 것. 그게 어린 나의 원죄였다.

피가 배어든 인형의 삼각형 모서리를 꾹 눌렀다. 인형에서 흐른 피가 내 발등으로 떨어졌다. 엄마의 피는 점점 내 발등 전체를 덮으며 퍼져나갔다. 곧 진월의 피가 스며들었던 발톱까지 번져나갈 기세였다.

왜였을까. 왜 이 인형을 누군가 빼앗으러 올 거라 여겼을까. 이 인형이 왜 그렇게 소중했을까. 인형을 준 건 누구였을까. 아버지의 속삭임이 재현한 기억 속 엄마는, 진짜였을까.

진양아, 기억해. 기억하지 마.

오랫동안 묻어놓았던 목소리가 귓가에 울렸다. 시선을 옮겨 엄마를 봤다. 축 늘어진 엄마의 몸. 내 쪽으로 힘겹게 움직이던 고개. 엄마가 즐겨 바르던, 단풍잎을 닮은 색의 립스틱이 입가에 번져 온통 피처럼 보였다. 아니다. 이건 꿈에서 본 게 아니다. 꿈속 엄마의 입술은 화장기가 전혀 없이 창백했었다.

그러면 그 단풍잎 색 입술은 어디서 본 것인가.

엄마와 눈이 마주쳤다. 동공이 풀린 채 초점 없던 엄마의 눈이 똑바로 나를 응시했다. 눈동자 속 엄마의 얼굴이 전파가 어긋난 텔레비전 화면처럼 지직거리며 흔들렸다. 흔들리며 바뀐 얼굴은 진월이었다. 진월의 위에 올라탄 살인자의 희미한 형제가 선명해졌다.

나였다. 동생을 죽이고 있는 살인자.

나는 나를 향해 비명을 질렀다. 인형을 쥔 손에 통증이 몰려왔다. 손바닥을 펴니 피가 흥건하게 손바닥을 적시고 있었다.

나와 진월, 엄마의 피.

흘러내린 피가 하나로 섞여 가느다란 실뱀처럼 내 발톱 안으로 파고들어 몸에 흡수되었다.

*

출근하자마자 황세정의 자리로 향했다. 황세정이 시간 이동을 했던 걸 기억하는지 확인할 필요가 있었다. 핑곗거리로 삼을 서류도 챙겼다. 하지만 황세정의 자리에 앉아 있는 건, 황세정이 아니었다. 처음 보는 사람이었다. 서지영. 목에 건 사원증에 적힌 이름도 낯설었다. 대체 왜 저 사람이 황세정의 자리에 앉아 있는 건지 도통 감이 잡히지 않았다. 고작 하룻밤 사이에 황세정이 회사를 그만두기라도 한 걸까. 아무리 부서가 다르다고 해도 파티션 몇 개로 나뉘어 있을 뿐인 작은 사무실이다. 인사 변동이 회사 인트라넷에 공지되기도 전에 소문으로 몽땅 퍼지는 회사에서, 황세정의 퇴직이라고 소문나지 않았을 리가 없다.

점심시간이 되어 부서 사람들과 함께 근처 백반집에 갔다. 진월의 장례식 이후 계속 사무실에 남아 빵으로 식사를 때웠다. 입맛이 없기도 했지만, 위로를 빙자한 호기심 어린 질문을 피하고 싶었다. 밥을 먹으며 나누는 대화에 섞인 무례함과 은밀한 탐색을 숟가락에서 골라내기란 여간 까다로운 게 아니다. 때문에 오히려 별거 아닌 질문을 던지기에 적합한 때이기도 하다.

"황세정 씨요. 어디 다른 회사로 갔어요?"

아무렇지 않은 척 물었다. 식탁 한가운데에 놓인 버너에 부대찌개를 막 올린 터라 소소한 화젯거리가 필요하니 딱 좋게 말을 꺼냈다고 여겼다. 그러나 순간 내려앉은 정적이 무언가 잘못되었음을 알려주었다. 박태석이 국자를 들어 부대찌개를 저었다.

"그때 이진양 씨, 한창 힘들 때잖아요."

박태석의 부드러운 목소리가 정적을 깼다. 사람들은 저마다 시선을 교환하다가 웃었다. 너의 무지를 박태석의 자애로움으로 사하여주마. 박태석이 들고 있는 국자가 신도들을 조종하는 지휘봉이라 해도 믿었을 거다.

"그러네. 시기가 겹치네."

"그래서 부서 사람들도 양쪽으로 나뉘어서 조문하러 갔었지."

"황세정 씨 참 안됐죠. 교통사고라니. 사람 일 정말 모르는 거예요."

부대찌개가 팔팔 끓었다. 나는 두부와 사람들의 말을 함께 건져 앞 접시에 놓았다. 뜨거운 두부를 조금씩 잘라 먹으며 대화를 해체했다.

황세정은 죽었다.

석 달 전, 내가 진월의 장례식을 치르고 있던 날 황세정의 장례식도 진행되었다. 나는 상주였으나 황세정은 장례식의 당사자였다. 사인은 교통사고로 인한 뇌출혈이었다.

되돌린 그날, 황세정이 죽었다. 돌아온 원래의 시간에서 진월의 죽음은 바뀌지 않았으나 황세정은 죽었다. 그 죽음은 진월의 사망일과 동일한 시점으로, 과거로 돌아가 진행되었다. 대체 이게 뭘까. 두부 모서리가 젓가락 끝에서 하염없이 바스러졌다.

범인이 진월을 죽인 이유는 우산의 클로버 로고 때문이다. 클로버 로고를 지닌 사람이 진월보다 빨리 범인과 마주치면, 범인은 그 사람을 해치고 체포된다. 여기까지는 무척 논리적이나, 문제는 그다음이다.

살인자가 체포되었지만, 현재의 진월은 죽은 채다.

현재가 바뀌지 않은 이유는 대체 뭘까. 시간 이동으로 돌아간 때의 변화가 생사에는 영향을 미치지 않기 때문이라면 황세정은 살아 있어야 하는 게 아닌가. 트리거를, 조건을 찾아야 한다. 밤새 고민했지만 답을 찾지 못한 의문이 다시 머릿속을 뒤덮었다. 살아 있던 황세정이 죽은 존재가 된 지난 석 달간, 사람들의 기억에 균열은 없는지도 궁금했다. 진월을 구하는 데 성공했을 때 혹시 일어날 수 있는 문제를 예방하는 데 큰 도움이 될 정보니깐. 하지만 여기서 황세정 이야기를 또 꺼냈다가는 분위기 파탄

자로 낙인찍힐 거였다.

"고기도 좀 먹어요."

앞 접시에 찌개 속 돼지고기 한 점이 놓였다. 박태석이 수줍게 웃으며 고기 한 점을 또 내 접시에 놓았다. 외근을 나가 박태석과 단둘이 밥을 먹을 때에도 이런 배려를 받은 적은 없었다. 대체 무슨 속셈일까. 모두가 좋은 사람이라 평하는 박태석의 웃는 얼굴을, 나는 믿지 않았다. 어릴 때부터 내게 괜찮냐는 말을 건네던 사람들도 모두 저렇게 웃었다. 눈썹을 조금 아래로 늘어뜨리고 끌어 올린 입 끝으로 위로의 말을 내뱉었다. 엄마가 없다니. 할머니와 지내다니. 동생을 돌봐야 한다니. 타인을 동정함으로써 자신의 가치를 확인하려는 사람은 어디든 있었다. 그들에게 중요한 건 내가 아니다. 그들이 바라는 건 선망의 눈빛이다.

그렇다면 기꺼이 그 눈빛을 바치리라.

식사가 끝나고, 나는 가게 한쪽에 놓인 자판기에서 커피를 뽑아 박태석에게 건넸다. 황세정의 죽음에 대해 타인의 기억에 균열은 없는지 살펴보기에 박태석은 딱 좋은 상대였다. 업무상 대부분의 부서와 긴밀하게 알고 지

내는 위치에 있는 데다, 평소 박태석의 관심을 끌려고 온
갖 행동을 다 하던 황세정이니 접촉도 많았을 거다.

"아까는 고마웠어요."

박태석이 커피를 건네받으며 뭘요, 라고 답했다. 나는
잠깐 뜸을 들였다가 말을 이었다.

"혹시 이전에 커피와 함께 주신 약속, 유효한가요?"

박태석은 커피를 홀짝거리다가 컵에서 입을 떼고 활짝
웃었다. 어린아이처럼 벙긋, 커다란 웃음에 흠칫 놀라 한
발 뒤로 물러섰다. 이제껏 만나온 동정을 즐기는 사람들
의 웃음과는 너무나 달랐다.

"그럼요. 오늘 저녁은 어때요?"

나를 향한 박태석의 그 웃음은 오히려 진월을 닮아 있
었다.

＊

빨강에서 흰색으로, 바깥으로 색이 퍼지듯 다양한 종
류의 회가 배열되어 접시에 꽃이 핀 듯했다. 박태석이 저
녁을 사주겠다며 나를 데리고 간 곳은 코스 요리를 파는

일식집이었다. 일 인당 십만 원이 넘는 가격도, 박태석과 단둘이 마주 보고 앉아 있는 것도 부담스러웠다. 서버가 앞에 음식을 놓아주며 줄줄 읊는 설명에 흥미가 있는 척 고개를 끄덕거려야 하는 게 고역스러웠다.

"내가, 이진양 씨를 오해하고 있었어요."

더 고역인 건, 황세정에 대해 그다지 알아낸 게 없단 거였다. 박태석은 전채와 함께 나온 청주를 한 잔 마시더니 완전히 취해버렸다. 저렇게 술이 약한 줄 알았다면 말렸을 거다. 취한 박태석은 메인 요리가 나오는 동안 자기의 신상에 대해서만 줄줄 늘어놓았다. 내가 알 수 있었던 거라곤 회사에 떠도는 박태석에 대한 소문이 대부분 사실이라는 것뿐이었다. 한 가지 더해진 거라면 박태석이 센터에서 근무하는 이유가 장래 국회의원 출마를 위한 포석이라는 정보 정도였다.

"자식 중 한 명은 정계로 보내고 싶다는 게 아버지 욕심이라서요. 사람은 꼭 그렇게 만족을 모르죠. 하긴, 저도 그래요. 주변에서는 다 아버지 뜻대로만 하면 앞길이 탄탄대로니 무슨 걱정이냐고 하는데 저는 그런 부귀영화 바라지 않습니다."

박태석은 자기가 어릴 때부터 불쌍한 사람들을 도우면 즐거웠다느니, 고등학생일 때 몸이 약한 친구가 대학에 가는 걸 도와주면서 진로를 정했다느니, 해외 봉사활동을 갔을 때 천진난만한 아이들의 눈빛을 잊을 수 없다느니 하는 이야기를 한참이나 주절주절 늘어놓았다.

"제가 하고 싶은 건 어려운 사람을 돕는 겁니다. 사람들이 의지해주는 게 좋아요. 하지만 결국 아버지가 원하는 대로 국회의원이 되겠죠. 반항할 용기가 없어요."

박태석은 자조 섞인 한숨을 내뱉고는 잠시간 나를 물끄러미 응시했다.

"이제까지 이진양 씨가 일은 참 잘하는데 좀 차갑다고 여겼어요. 센터에 오는 사람들, 다 다양한 사연이 있으니깐 좀 더 공감하면서 들어주면 좋을 텐데 싶었죠. 이진양 씨는 무슨 사연을 듣든지 덤덤하잖아요. 상담자가 개인 연락처 알려 달라고 해도 안 된다고 딱 끊어버리고. 나라면 저 사람들 모두 안아주고, 연락처를 건네줘서 언제든 위로해줄 텐데, 뭐 그런 생각도 했고요."

나는 도미쬠을 입으로 옮기며 눈동자를 굴렸다. 상대와의 거리 유지가 상담자의 기본 태도라거나 하는 말을 굳이 할 필요는 없었다. 어떻게 황세정에 대한 화제로 돌릴까 틈을 찾기만도 바빴다.

"하지만 진양 씨의 사정을 알고, 내가 얼마나 어리석었는지 깨달았습니다. 그런 어려운 상황에서 혼자 동생을 돌봤다니. 그게 바로 희생이죠!"

박태석이 술잔을 꽉 움켜쥐더니 단숨에 들이켰다.

"그렇게 희생으로 지켜온 동생을, 그렇게."

박태석의 눈에서 굵은 눈물이 흘러내렸다. 씹고 있던 도미찜을 뱉을 뻔했다. 왜 당신이 우는 건데? 희생이라니? 나와 진월의 관계는 그런 얄팍한 단어로 정의될 게 아니야. 그렇게 쏘아붙이고 싶었다.

"그 사실을 알게 된 후, 진양 씨가 사랑스러워서 견딜 수가 없습니다."

"예?"

도미찜을 헤집던 젓가락이 멈췄다. 맞은편에서 뻗어온 박태석의 손이, 젓가락을 쥔 내 손을 감싸 쥐었다.

"좋아합니다. 진양 씨, 저랑 사귀어주세요."

술에 취해 불콰한 얼굴이었지만 발음은 한 음절 한 음절이 정확했다. 술주정일까, 아닐까. 분간이 가지 않아 손이 잡힌 채 눈만 껌뻑거리는데 서버가 유자 셔벗을 가져와 나와 박태석 앞에 놓았다. 손님이 손을 마주 잡고 있든 말든 디저트에 대한 설명을 시작하는 서버가 프로다운 건지 아닌지도 헷갈렸다. 꿋꿋하게 이어지는 서버의 설명에 박태석도 술이 조금은 깬 듯, 내 손을 놓고는 작게 헛기침했다.

"그……. 여기 셔벗 맛있습니다. 드시죠."

보송하게 갈린 얼음 위에 졸인 유자 콩포트가 올라간 셔벗을 보자 빙수가 생각났다. 슈퍼마켓에서 파는 빙수 아이스크림. 그 빙수가 아니었다면 나는 김동진과 자지 않았을 거다.

진월, 김동진과 함께 셋이 술을 마신 날이었다. 진월이 회사를 그만두고 프리랜서로 독립할지 말지 고민하던 중이었다. 술자리가 길어졌고 셋 다 고주망태로 취했다. 특히나 진월은 몸을 가누지 못할 정도라, 나와 김동진이 양쪽에서 팔을 하나씩 잡고 부축해 가게를 나왔다. 호출한 택시를 기다리는데, 쪼그려 앉아 있던 진월이 외쳤다. "빙수! 딸기빙수 먹고 싶어." 술에 취하면 차고 달콤한 걸 먹고 싶어 하는 게 진월의 술버릇이었다. 김동진은 바로 편의점으로 뛰어갔고 진월은 그게 당연하다는 것처럼 헤실 거렸다.

순간 두려워졌다.

그때까지 진월이 어리광을 부리는 건 나뿐이었다. 그리고 그 어리광은, 점점 나보다 더 빛나게 된 진월이 나를 떠나지 않을 거라는 증거였다. 어릴 적부터 몸이 약해서 다른 사람의 도움을 받을 일이 많았던 진월은, 그만큼 상처도 많이 받았다. 친절인 줄 알았던 동정과 무지라 여기고 넘어갔으나 실은 악의였던 무례함이 진월의 마음에 하나둘 구멍을 뚫었다. 그 구멍을 완전히 이해할 수 있는 건 오직 나뿐이었다.

나뿐이어야 했다.

그러나 알코올 냄새가 진동하던 그날 밤, 아이스크림과 딸기 젤리가 곤죽으로 뒤섞인 플라스틱 컵을 받고 깔깔 웃으며 김동진에게 기대는 진월을 보고 알았다. 나 이외에도 진월을 위해 아이스크림을 사러 뛰어가는 사람이 생겼다. 김동진이 진월의 구멍을 이해할 순 없어도, 막아 줄 수는 있겠다고 믿게 되면 진월은 나를 떠날 수도 있었다. 그렇기에 나는 김동진의 유혹에 응했다. 김동진이 진월의 빛을 더 강하게 만들지 못하도록. 진월의 구멍을 완벽하게 이해하고 막아주는 일이 없도록. 김동진과의 관계는 진월이 있기에 의미가 있었다.

김동진과 처음 섹스했던 날도 술을 마셨다. 나는 취한 척했지만 조금도 취하지 않았다. 지루한 행위가 끝나고 옆에 드러누운 김동진의 귀에 속삭였다. "딸기빙수가 먹고 싶어." 김동진은 옆으로 돌아누웠다. "이 밤에 웬 빙수. 내일 맛있는 거 먹자, 누나." 김동진이 훼손하기에 그다지 아깝지 않은 인물이란 걸 알게 되어 흡족했다. 그러나 그건 내가 내 구멍을 넓히는 일이기도 했다. 점점 깊고 어둑해지는 마음속의 구멍. 그건 끝이 없는 터널 같았다.

"진양 씨, 안 드세요?"

슈퍼에서 산, 아이스크림과 젤리를 뒤섞어 만들었던 가짜 딸기빙수와는 비교도 되지 않게 고급스러운 셔벗. 박태석처럼 매끄럽게 갈린 부드러운 얼음의 유혹은 강했다.

"유자를 못 먹어요. 알레르기가 있어서요."

거짓말이다. 나도 모르게 튀어나온 거짓말에 놀라 손바닥으로 입을 가렸다. 그러나 말은 멈추지 않고 튀어 나갔다.

“빙수가 먹고 싶어요. 아무것도 섞이지 않은 곱게 간 얼음.”

“그래요? 잠깐만 기다려요.”

박태석은 망설이지 않고 자리에서 일어나더니, 가게 주방 쪽으로 향했다. 박태석의 뒷모습에서 희미한 빛이 뿜어져 나오는 듯했다. 목이 말랐다. 물로는 채워지지 않을 듯한 갈증에 손대지 않고 있던 청주를 한 잔, 또 한 잔, 연거푸 석 잔을 빠르게 마셨다. 그러나 열기도 취기도 올라오지 않고 머리는 점점 냉정하게 차가워졌다. 심장이 아닌 머리가 속삭였다.

……저기를 봐. 싸구려 아이스크림이 아닌, 고급 셔벗을 사주는 남자. 태생적으로 가질 수 없는 빛을 가진 남자. 저 남자가 나를 좋아한다고 했어. 저 남자가 내 것이 되면, 김동진 따위가 옆에 있어도 진월은 영원히 나보다 더 빛날 수 없겠지. 나는 영원히 진월의 해로 존재할 수 있게 되는 거야.

아마도 완벽할 미래.

그 미래를 위해서는 역시나, 어떻게든 진월을 구해야 한다.

메모 7

역시 이상한 한복을 입었던 여자, 그가 중요한 조건인 게 아닐까? 이제까지 알아본바, 그 여자의 정체를 유추할 수 있는 건 간신히 찾아낸, 4년 전의 게시 글뿐이었다. 그 글로 유추하건대, 이전에도 여자와 비슷한 옷차림을 한 사람이 응암역에서 승차한 적이 있는 모양이었다. 그 글에서 언급된 '고택골'에 대한 이야기도 찾아보았다. 효자인 도장장이가 아버지의 무덤을 잘 써서 부자가 되었다는 흔해빠진 효자 설화였다. 그 근처 무속 집을 다 뒤지고 다니면 다른 무언가 힌트를 찾을 수 있지 않을까 싶어 퇴근 후에 한 곳씩 찾아 다녔지만 마땅한 성과는 없었다. 내 이야기를 진지하게 들어준 무속인은 거의 없었다.

　가장 마음에 걸리는 건 '개씨 성을 가진' 여자란 부분이다. 흔한 성씨가 아니다. 한국에서 가진 사람이 백여 명이 채 되지 않는 희귀한 성씨. 그리고 그건, 죽은 엄마의 성씨다. 우연의 일치일까? 응암역에서 만난 무당인 듯한 여자. 그 여자를 만난 뒤에 내가 겪은 과거 회귀. 같은 무당도 쉽게 만날 수 없다는, 특별하다는 무당. 그 무당이 가지고 있다는 책. 대체 그 책에는 어떤 내용이 쓰여 있는 걸까. 계속 신경이 쓰여서 몇몇 무속인에게 그 사실을 밝혔다. 처음에는 심드렁하니 나를 대하던 무속인 몇몇은 엄마가 개씨 성이었다고 밝히자 흠칫 놀라기도 했다. 개중에는 무언가 말해주려는 듯 머뭇거리던 사람도 있었다. 그러나 결국 입을 다물었다. 그중 한 명이 내게 "입을 잘못 놀리면 신령님이 노하셔서 안 된다."라고 했다. 신령님이 뭐냐고, 무속인은 각자 다 다른 신을 모시는 거 아니냐고 물었더니 세상 물정 모른다는 눈빛으로 나를 보며 "이 세상에는 산 사람을 생째 파묻을 수 있는 권력이 있으면, 산 사람을 생째 정신 나가게 만드는 힘도 있는 거야. 신령님의 힘을 그렇게 마음대로 빌려 올 수 있는 건 무당 힘 나름이지. 누굴 모시고 모시지 않고가 중요한 게 아니다.”라고 말했다. 아무리 빌어도 그 이상은 말해주지 않았다.

마음이 급하다. 더 많이 돌아가야 한다. 돌아가고 돌아가서 어떻게든 진월을 구해야만 한다. 그럼 밤마다 반복되는 악몽도 끝날 것이다.

피. 피. 그 가느다랗고도 질기게 계속해서 내 피부 속으로 파고드는 피.

피가 나를 놔주지 않는다.

7

그럴 수밖에 없었다.

바지 끝단을 벅벅 문질렀다. 세제 거품이 욕실을 점령할 기세로 넘쳐흘렀다. 손이 얼얼했다. 집에 돌아온 후 얼마나 지난 걸까. 거품에 발이 미끄러져 넘어지지 않았다면 계속 바지 끝을 붙잡고 있었을 거다. 지문이 없어질 때까지 문지르고 또 문지르고 있었을 거다.

지워지지 않는다. 이 핏자국이.

그럴 수밖에 없었어. 바닥에 주저앉아 중얼거렸다. 몇 번째였을까. 새로운 조건을 알아내기 위해 계속 시간 이동을 했다. 돌아가고 또 돌아갔다. 진월이 몇 번이고 내 앞에서 죽고 또 죽었다. 그러는 동안 황세정은 한 번도 마주치지 못했고, 원래의 시간으로 돌아와도 마찬가지였다. 진월의 죽음도 그대로였다. 진월은 과거에서 계속 되살아나 내 앞에서 죽는데, 왜 황세정은 과거로 돌아가도 살아나지 않는가. 고민하다가 간과하던 부분을 깨달았다.

원래의 시간에서, 황세정의 죽음을 어떻게 확신할 수 있는가.

황세정이 죽은 후에도 시간 이동을 반복했으니 분명 현재도 그때마다 바뀌었을 거다. 내가 진월의 죽음만 신경 써서 몰랐을 뿐, 황세정이 다른 어딘가에 살아 있는 건 아닐까? 김동진에게 전화해 진월의 사망을 확인해볼 걸 그랬나? 누구도 모르는 어딘가에 진월이 살아 있었을 가능성은 없을까? 있다. 0퍼센트는 아니다. 그 가능성에 생각이 닿자 미친 듯한 후회가 몰려왔다. 왜 그렇게 성급하게 다시 시간 이동을 했을까? 좀 더 진월을 찾아봤어야, 등기를 떼어 확인했어야 한다. 후회가 몸을 부풀려 나를 집어삼키기 전에 확인해야만 했다.

확인을 위해 필요한 건 희생양이었다.

시간 이동한 과거에서 진월 대신 죽었을 때, 내가 그의 사망 여부를 확인할 수 있는 사람. 센터의 로고가 그려진 물건을 가진 사람. 무엇보다 과거로 갔을 때 지하철에서 마주쳐, 범인의 앞에 목을 들이밀 수 있는 사람.

그런 사람은 한 명뿐이었다.

방금 전의, 몇 번째인지 모를 시간 이동의 기억이 한기를 타고 올라왔다. 이젠 지루하기까지 한 반복이었으나 정찬양을 만나면서 모든 게 달라졌다. 정찬양은 내가 손을 다쳐서 우산을 들기가 영 불편하다고 하자마자 집까지 바래다주겠다고 나섰다. 빵집 주인이 눈을 흘기기에, 빵을 오만 원어치 샀다. 정찬양은 빵집 주인이 매일 삼십 분씩 잔업을 시키니 그럴 필요 없었다고 입을 삐죽거리곤 들어주겠다며 내 손에서 빵 봉지를 가져갔다. 나와의 첫 상담 때에 한마디도 하지 않은 게 거짓말인 듯, 정찬양은 빵집에서 개찰구로 가는 동안 쉴 새 없이 떠들었다.

"참, 선생님. 이거 드릴게요."

정찬양이 주머니에서 엽서를 꺼내 내게 내밀었다. 엽서에는 꽃을 든 고양이가 그려져 있었다.

"이게 뭐야?"

"특별 활동 시간에 쓴 거예요. 별 내용 없어요. 쓸 사람이 선생님밖에 떠오르지 않았어요. 그냥, 앞으로 제빵 자격증 따고 싶다, 뭐 그런 이야기예요."

"고양이를 좋아하나 보네. 이전에 네가 준 엽서에도 고양이가 그려져 있었어."

"이전이요?"

정찬양이 어리둥절한 듯 눈을 깜빡거렸다. 아차 싶었다. 정찬양이 내게 엽서를 준 건 시간 이동을 하기 전인 7월이었다. 봄비 오는 지금, 정찬양이 봤다는 영화는 개봉조차 하지 않았을 거다. 나는 무어라 핑계를 댈지 고민하며 엽서 그림 속 고양이의 머리를 쓰다듬었다.

"어떻게 알았어요? 내가 이전에도 선생님께 엽서 쓴 적 있는 거? 보낸 적은 없는데."

"응? 아니, 그럴 것 같아서……. 그랬으면 좋겠다 싶은 내 희망 사항."

휘둥그레 커졌던 정찬양의 눈이 가늘어지며 끝이 휘었다. 정찬양은 헤실헤실 웃으며 팔꿈치로 내 옆구리를 쿡쿡 찔렀다.

"뭐야. 우리 통했네요. 나중에 엽서 다 갖다 줄게요."

"……그래."

"난 가끔 선생님이 내 언니 같아요. 이름이 비슷해서 그런가. 난 찬양, 선생님은 진양이잖아요. 참, 선생님 동생 있다고 했죠? 선생님 동생은 이름이 뭐예요?"

엽서를 바지 주머니 안에 밀어 넣었다. 옆구리에 닿은 정찬양의 팔꿈치는 말랑했다. 아직 채 어른이 되지 않은 어린아이의 촉감. 나는 새삼스럽게 옆에 선 정찬양을 봤다. 홍조 어린 앳된 뺨과 빽빽한 정수리에 들어찬 슬픔. 정찬양의 말대로 어쩌면 우리는 닮았다. 자매는 아니더라도 친구쯤은 될 수도 있었을 거다. 개찰구를 나가는 정찬양의 머리카락이 어깨에서 흔들렸다. 그 연약한 움직임이 내 가슴의 경계를 뚫고 들어올까 봐 재빨리 시선을 돌렸다.

"선생님, 뭐 해요? 카드 찍는 거 힘들어요?"

고개를 숙인 채 개찰구를 나갔다. 정찬양이 역사 입구에 서서 우산을 펴더니, 나보다 한발 먼저 역사 밖으로 나갔다.

"선생님, 들어오세요."

정찬양이 우산을 쓰고 내게 손짓했다. 팔랑팔랑. 나비 같은 손짓. 정찬양과 진월은 전혀 닮지 않았다. 얼굴형부터 체형, 말투까지 무엇 하나 비슷하지 않다. 그러나 우산 속에서 나를 향해 흔드는 손의 움직임만은 정말로 똑같았다. 당연히 내가 손짓에 화답해줄 거라 믿는 환한 웃음까지도.

"찬양아."

나는 인형을 꽉 움켜쥐고 한 발 뒷걸음질 쳤다. 정찬양의 등 뒤로 남자가 달려오고 있었다. 피해. 도망쳐. 그 말이 튀어나올까 봐 아랫입술을 꽉 깨물었다.

정찬양이 쓰러졌다.

빵 봉지에서 쏟아진 빵이 사방에 흩어졌다. 범인은 빵 봉지를 마구 밟아 터뜨리며 칼을 휘둘렀다. 봉지 터지는 소리가 꼭 폭탄 터지는 소리 같았다. 사람들이 비명을 질렀다. 쓰러진 정찬양의 몸이 꿈틀거렸다. 빨리 돌아가게 해줘. 빨리. 나는 눈을 꽉 감고 서서 터널이 나타나기를, 어서 나를 아찔한 어둠에 삼켜 뱉어내기를 기다렸다.

"선생님……."

강하게 옷자락을 끌어당기는 힘에 눈을 떴다. 피 묻은 정찬양의 손이, 내 바지 자락을 붙잡았다.

"도망가요. 빨리. 나 괜찮아요……."

정찬양의 손이 내 다리에서 미끄러졌다. 붉은 핏자국이 일직선으로 주욱, 정찬양의 손과 함께 바닥까지 긴 선을 그렸을 때 터널이 나를 삼켰다. 나는 처음으로 터널 안에서 눈을 감지 않았다. 마지막까지 절대적으로 나를 믿었던 정찬양의 눈빛이 어둠을 집어삼켜 감을 수가 없었다. 원래의 시간으로 돌아온 내 바지 자락에는 피가 잔뜩 묻어 있었다. 씻어내야 했다. 정찬양의 그 눈빛까지도. 집에 오자마자 바지를 벗어 세면대에 던졌다.

욕실 바닥에 홍건한 물이 속옷을 적시고 피부에 닿았다. 그 차가움이 죄책감으로 내달리던 마음을 멈춰 세웠다. 이럴 때가 아니다. 변기를 붙잡고 일어섰다. 수건으로 대충 젖은 몸을 닦고 바닥에 널브러진 바지를 집어 들었다. 피가 배어든 바지라도 버릴 순 없다. 시간 이동할 때 입는 옷은 이 바지로 정해져 있다. 처음 시간 이동을 했을 때와 똑같은 복장이어야 하니깐. 양손으로 바지를 비틀어 짜자 물이 쏟아졌다. 빨강이라기보다는 분홍에 가까운 색이었다.

지워지진 않아도 옅어져갈 것이다.

해야 할 일만 생각하자. 회사에 가자마자 정찬양 친부

의 긴급 연락처를 확인해야 한다. 정찬양의 보험금 문제로 사망 확인서가 필요하다고 하면 기꺼이 협조할 인물이다. 구겨진 바지를 공중에 털었다. 바지 곳곳에 흰 종잇조각이 붙어 있었다. 주머니 안에 엽서를 넣었던 게 떠올랐다. 손을 넣어 주머니 안을 뒤적거리자, 물에 젖어 찢어진 엽서 조각이 손에 잡혔다. 있는 대로 긁어내 꺼냈다. 글씨를 알아볼 수 있는 부분은 한두 조각 정도였다.

"자격증 따면 선생님 생일 케이크 만들어줄게요."

가장 커다란 조각, 흐릿하게 번진 글씨를 소리 내어 읽었다. 정찬양에게 도망치라고 외치고 싶던 만큼 큰 목소리로 읽었다. 다시 만나기를 바라며 한 번 더 목청껏 소리내어 읽고 종잇조각을 휴지통에 버렸다.

버리지 않았다면 미쳐버렸을 거다.

*

박태석이 고른 영화는 지루했다. 이사를 간 주인을 찾아 국토 횡단을 한 개의 이야기였는데 상영시간 90분 동안 흔들리는 강아지 엉덩이를 제일 많이 비추었다. 이사를 한다고 기르던 개를 잊어버리고 가는 게 말이 된다고? 어떻게든 미화하려고 몸부림쳤지만 결국 버리고 간 거잖아. 찾아온 개를 끌어안고 기뻐하는 스크린 속 남자에게 그렇게 말하고 싶었다. 영화 마지막에 '이 영화는 실화 기반입니다'라는 문구와 함께 사연의 남자가 인터뷰하는 부분에서는 그 위선에 구역질이 나왔다. 그럼에도 영화를 보는 도중 나가지 않은 건 박태석이 내 손을 잡아서였다.

"봤어? 아까 내 옆자리에 앉은 남자, 엄청 잘생겼어."

영화가 끝나고 화장실 칸에 앉아 있는데 수다를 떠는 목소리가 안으로 새어 들어왔다.

"봤어. 같이 온 여자가 바닥에 가방 두려니까 받아서 자기 무릎에 올려놓는 거 보고 소리 지를 뻔했잖아. 완전 센스 좋더라."

"그 여자랑 썸 타는 거 같더라. 콜라 들고 있는 여자 손등에 살짝 손 겹치는데 내가 다 설레더라니깐. 부러워, 그 여자."

"같이 온 여자는 그냥 그렇던데. 뚱뚱하고."

"평범한 애들이 어디서 꼭 그렇게 훈남을 낚아 오더라."

물을 내리고 나가니 교복을 입은 여자아이 둘이 세면대 앞에 서 있다가, 나를 보고는 입을 딱 다물었다. 서로 눈빛을 교환하는 그들 사이를 밀치고 들어가 손을 씻고 마구 털었다.

"뭐야, 저 여자."

"성격도 안 좋네. 그 남자, 약점 잡힌 거 아냐?"

화장실을 나가는 등 뒤에 험담이 따라붙었다. 노골적으로 드러난 시기에 속이 뒤틀릴 듯 기뻤다. 타인의 부러움을 살포시 지르밟는 게 등골 오싹한 쾌감임을 이전엔 몰랐다. 그건 공부도 운동도 무엇 하나 잘하는 게 없던 나로서는 맛본 적 없던 희열이었다.

이제껏 누군가가 나를 이렇게나 부러워해본 적이 있던가.

데이트를 거듭할수록 박태석이 거의 완벽한 연인이라는 게 명확해졌다. 박태석은 애정 표현을 아끼지 않았고, 자주 연락하면서도 내게 연락을 강요하지는 않았다. 만날 때마다 데이트 코스를 척척 짜왔다. 내가 약속 시간에 늦어도 화내지 않았고, 무엇을 하든 괜찮다고 했다. 사무실에서도 나와의 연애를 숨기지 않아서, 며칠간 나는 제

법 노골적으로 무례한 질문과 은밀한 시선에 시달렸다. 그들은 모두 박태석이 왜 이진양과 사귀는지 의아해했다. 대답해주고 싶어도, 나도 이유를 모르기에 애매한 웃음과 모른 척하기 스킬로 넘겼다.

'왜 나를 좋아한다는 건가요.'

카페에 앉아 커피를 주문하러 가는 박태석의 뒤통수를 향해 입속말했다. 얼굴을 마주 보고 물어볼 자신은 없었다. 혹시라도 착각이었다고 답하면, 한 손에 움켜쥔 행복마저 흔적 없이 사라져버릴까 봐 무서웠다.

"영화 정말 감동적이었지요?"

박태석이 내 앞에 커피 잔을 내려놓으며 물었다.

"진양 씨가 좋아할 것 같아서 이 영화로 예매했어요."

그럼에도 박태석이 완전히 완벽한 연인일 수 없는 건 이 때문이다. 박태석은 영화든 식당이든 예약할 때 나의 의사를 물어보지 않았다. 그가 나의 호를 예상한 대부분은 사실 나의 불호였으나, 차마 티를 낼 순 없었다. 그래서 나도 연기를 했다.

"예. 재미있었어요."

"그렇죠? 진양 씨처럼 속이 여린 사람들은 불쌍한 동물이야기엔 속절없이 무너지잖아요. 나도 저거 실화, 기사로 처음 접하고 엄청나게 울었어요. 개란 동물은 어쩜 그렇게 인간을 좋아할까요. 그 애정에 답해주지 못하는 사람이 많다는 게 참 슬픈 일이죠."

박태석은 자기가 사료 기부를 오랫동안 한 곳이라며 한 유기견 보호소의 사이트를 보여주었다. 휴대전화 액정 속 이름표를 단 강아지를 손가락 끝으로 가리키며 귀엽다는 감탄사를 연발했다. 이 애는 뜰장에서 구출되었고 이 애는 누가 털에 페인트를 잔뜩 발라 버린 걸 구출했고. 강아지의 사연을 줄줄이 읊는 박태석의 눈은 아몬드 초콜릿의 코팅처럼 두껍고 탁하게 번들거렸다.

"저 센터 그만두고 지역 국회의원 보좌관 일 시작하려고요."

커피를 반쯤 마셨을 때, 박태석이 결의에 찬 목소리로 말했다.

"지금 회사에서 어려운 사람을 계속 돕고 싶다는 건 진심입니다. 하지만 부모님의 기대를 배반하기 어려워요. 게다가 이젠 진양 씨가 내 옆에 있으니까요."

"저요?"

“예. 진양 씨가 내 마음을 채워줄 테니까요.”

빨대를 타고 올라온 커피의 맛이 이상할 정도로 썼다. 물어봐서는 안 된다. 지금 이 행복마저 놓치면, 내 양손은 모두 텅 비어버린다. 그러나 초콜릿 코팅 아래 감추어진 게 무엇인지 알고 싶은 마음이 자꾸만 치솟았다.

휴대전화가 울리지 않았다면 초콜릿을 칼끝으로 긁어냈을지도 모른다. 휴대전화를 확인하자마자, 다른 건 모두 중요하지 않게 되었다. 나는 의자에 올려둔 가방을 챙겨 들었다.

“저 급한 일이 생겨서 가봐야겠어요.”

“무슨 일인데요?”

“정찬양이 생활했던 쉼터를 한번 살펴보고 싶어서요. 방문 요청했는데 오늘이나 내일 오라고 하네요.”

“정찬양? 아, 참 안됐죠. 성실한 아이였는데, 그런…….”

나는 자리를 떠나려다가 멈춰 박태석의 말이 이어지기를 기다렸다. 정찬양의 죽음은 진즉에 확인했다. 정찬양의 부친은 애가 죽은 지 넉 달이 되어가는데, 이제 와서 무슨 사망 보험금이냐고 투덜거리면서도, 십만 원이라도 벌 수 있으면 그쯤은 해줄 수 있다고 거들먹거렸다. 팩스로 받은 가족관계증명서의 '정찬양'이란 이름에는 분명한 사망 표시가 되어 있었다. 진월의 것과 같은, 너무나 단정해서 얄미운 글씨였다. 그러나 그 한 장짜리 종이 어디에도 정찬양이 왜 죽었는지는 쓰여 있지 않았다. 그걸 알아내야 했다. 그래야 내가 놓친 조건과 트리거가 뭔지 유추할 수 있었다.

"그런데 정말 괜찮겠어요? 데려다줄까요?"

하지만 박태석은 화제를 바꾸었다. 박태석을 붙잡고 정찬양의 죽음에 대해 캐묻고 싶은 걸 간신히 참고 얌전히 고개를 가로저었다.

"괜찮아요. 가면서 마음도 좀 추스르고 싶어요."

"그래요. 그럼 연락할게요."

박태석이 내 손을 가볍게 쥐었다가 놨다.

쉼터에 도착해 연락을 준 선생님과 인사를 나누었다. 정찬양을 담당했을 때 몇 번 연락을 주고받아 안면이 있는 사람이었다. 그는 내게 미안하다고 했다.

"찬양이 사건으로 기자며 유튜버며 사람들이 몰려왔었거든요. 그래서 당분간 외부인 출입을 금하기로 했어요. 다른 분들 설득하느라 이렇게 급하게 연락드리게 되었습니다.”

“아닙니다. 제 욕심으로 부탁드린 건데요. 말씀드린 대로 찬양이가 저에게 편지를 써준 적이 있는데, 답장을 못 준 게 마음에 걸려요. 그래서 찬양이 지냈던 방에 꽃이라도 놓고 싶었습니다.”

들고 온 꽃다발을 내보이자, 선생님의 눈가가 붉어졌다.

“찬양이가 상담 선생님을 참 좋아했어요. 그런 일이 있었으니, 이렇게 찾아오기 쉽지 않으셨을 텐데요. 지금이라도 찬양이를 떠올려주셔서 찬양이도 기뻐할 겁니다.”

무언가 이상했다. 박태석이 정말 괜찮겠냐고 물었을 때도 어렴풋이 느꼈던 위화감이다. 이전에 상담했던 학생의 죽음을 추모하러 가는 이에게 건네기엔 과한 염려가 담겨 있었다. 지금도 그렇다. 그런 일. 그게 대체 뭘까. 나는 꽃다발로 시선을 내리깔고 이어질 말을 기다렸다.

“그, 일차 공판 결과는 저희도 받았습니다. 그래도 무기 징역이니 다행이라고 해야 할까요. 아니, 물론 검찰 측 주장대로 사형이 맞죠. 하지만 우리나라는 실질적으로 사형 폐지 국가잖아요. 어……. 범인이 항고한다는 게 참 괘씸하고요.”

“지금 뭐라고 하셨어요?”

“예? 아, 지원센터에서 쉼터 쪽으로 전화를 주셨어요. 찬양이 법적 보호자는 아버지이긴 해도, 재판 때에 증언도 거부할 정도로 사이가 좋지 않았거든요. 찬양이 장례식에서도 상주 역할을 제대로 하지 않으셔서……. 아, 찬양이 장례식 때 선생님에게 연락을 드리지 않은 건, 선생님도 경황이 없으실 것 같아서요. 동생 분 장례식과 겹쳤잖아요.”

갑작스러운 정보가 머릿속에 작은 폭풍을 만들었다. 그때부터 무슨 정신으로 대화를 마무리했는지 모르겠다. 폭풍을 애써 다스리며 찬양의 방을 둘러보고, 마주친 찬양의 친구들과 대화를 나누었다.

“선생님, 이제 괜찮아요?”

“찬양이랑 선생님 동생, 같이 천국 갔을 거예요.”

폭풍의 형태는 점차 명확해졌다. 쉼터를 나오자마자 휴대전화로 검색했다.

‘지하철 살인마 무기징역 확정.’

바뀌었다. 범인의 형량도, 범죄 내용도. 바뀐 기사에서 범인은 주택가에서 진월을 찌르고 지하철로 도주한 뒤

지하철역에서 마주친 찬양을 찔렀다. 아랫집 할머니의 증언에 의하면 진월은 역 쪽에서 누가 흉기를 휘두르고 있다는 뉴스를 봤다고, 언니가 걱정된다며 빌라를 나갔다고 했다. 빌라 입구에서 마주쳤을 때 하도 서두르기에 물어봤더니 그렇게 대답했다는 거였다. 범인이 첫 번째 범행 이전에 지하철 근처를 서성거리며 범행 대상을 물색하는 듯한 모습을 목격한 사람이 있다는 점, 첫 번째 범행 이후 도주를 한 건 충분한 사고능력이 있다는 방증이며 다시 역으로 돌아와 두 번째 범행을 연이어 저지른 점을 보아 우발적인 범행으로 보기 힘들다고 판단해 무기징역을 선고한다는 내용을 꼼꼼하게 읽었다. 그러곤 계속 기사를 검색했다. 집으로 향하는 버스 안에서도, 골목을 걸으면서도 휴대전화 액정에서 눈을 뗄 수가 없었다.

이전보다 기사가 훨씬 많았다. 범인이 무기징역을 받은 것에 대해 심신미약으로 인한 감형이 과연 정당한가 하는 논쟁도 벌어지고 있었다. 시간 이동을 하기 전, 진월에게 악플이 달리던 때와는 대중의 반응도 아주 달랐다. 정찬양 때문이었다. 친부에게 학대당했음에도 꿋꿋하던 아이. 정찬양과 같이 쉼터에서 생활하던 아이들이 만든 추모 영상이 네티즌의 호감을 산 거였다.

"무기징역……. 사실상 최고형으로 바뀌었어."

이 정도면 된 거 아닐까. 빌라 계단을 오르며 떠오른 생각에 흠칫 놀라 멈춰 섰다. 계단 난간을 잡고 잠시간 서 있다가 다시 빠르게 걸음을 옮겼다. 현관문 손잡이를 움켜잡는데 옆에서 뻗어 나온 손이 내 팔목을 붙잡았다. 반사적으로 튀어 나간 짧은 비명은 손바닥에 막혔다. 퀴퀴한 담배 냄새가 코를 찔렀다.

"누나, 왜 자꾸 내 연락을 피해요?"

김동진이 핏줄 선 눈으로 나를 노려봤다.

"나 좋다고 할 땐 언제고 왜 이러는데요? 진월이 죽은 건 죽은 거고, 우리 앞일도 의논해야 할 거 아니에요!"

김동진의 손바닥이 한층 더 세게 얼굴을 짓눌렀다. 얼굴을 마구 흔들어도 좀처럼 김동진의 손을 떼어낼 수가 없었다. 손에 들고 있던 휴대전화가 울렸다. 김동진은 나를 벽에 밀치고 몸으로 짓누르더니, 손에서 휴대전화를 빼앗아 갔다.

"진양 씨, 집에 잘 들어갔어요? 뭐야. 누나, 다른 남자 생겼어요?"

"내 휴대전화 내놔!"

김동진의 등에 눌린 채 소리를 질렀다.

"진짜 질린다. 누나, 누나가 이딴 식으로 사람을 자기 필요할 때만 쓰고 버리니깐 진월이도 질려서 누나한테서 도망가려고 했던 거예요."

목덜미에 와 닿은 김동진의 숨결에 오소소 소름이 돋았다. 그러나 그 불쾌함보다도, 김동진의 말이 뒤통수를 쳤다.

"진월이가 도망가려고 했다니?"

"진월이 유학 준비 중이었던 거 모르죠? 알 리가 없지. 누나는 맨날 누나 일만 신경 쓰니깐!"

"유학이라고? 아냐. 걔가 나한테 상의도 없이 그럴 리가."

몸을 누르던 무게가 사라졌다. 나는 벽에 기댄 채 주저앉았다.

진월이 내게서 멀어지려고 했다.

나와 상의도 하지 않고 아주 먼 곳으로 가려고 했다.

몰래, 아주 먼 곳으로.

그럴 리가 없다. 이건 김동진의 거짓말이다. 김동진은

언제나 이런 식이었다. 진월에 대한 험담으로 나를 속박하고, 진월 앞에서는 순한 강아지처럼 꼬리를 흔들었다. 그래, 이것도 분명. 아무리 방어벽을 쳐도 김동진의 독니가 베어 문 마음 한구석에서 자꾸만 의심이 피어났다.

"여름 끝나기 전에, 이 메시지 보낸 놈 정리해요, 누나. 안 그러면 내가 다 까발릴 거니깐."

"뭘 까발린다는 거야?"

"이진양이 자기 동생 남친하고 바람이나 피우는 여자라는 거."

김동진이 들고 있던 휴대전화를 던졌다. 휴대전화가 둔탁한 소리를 내며 벽에 부딪혀 바닥에 떨어졌다. 김동진의 발소리가 점점 멀어졌고 나는 혼자 남았다.

"진월아, 거짓말이지?"

대답해줄 이는 내 옆에 없었다.

메모 8

미안해. 미안해. 미안해. 미안해. 미안해. 미안해. 미안해.
미안해. 미안해. 미안해. 미안해. 미안해. 미안해. 미
안해. 미안해. 미안해. 미안해. 미안해. 미안해. 미안해. 미
안해. 미안해. 미안해. 미안해. 미안해. 미안해. 미안해. 미
안해. 미안해. 미안해. 미안해. 미안해. 미안해. 미안해. 미
안해. 미안해. 미안해. 미안해. 미안해. 미안해. 미안해. 미
안해. 미안해. 미안해. 미안해. 미안해. 미안해. 미안해. 미
안해. 미안해. 미안해. 미안해. 미안해. 미안해. 미안해. 미
안해. 미안해. 미안해. 미안해. 미안해. 미안해. 미안해. 미
안해. 미안해. 미안해. 미안해. 미안해. 미안해. 미안해. 미

안해. 미안해. 미안해. 미안해. 미안해. 미안해. 미안해. 미안해. 미안해. 미안해. 미안해. 미안해. 미안해. 미안해. 미안해. 미안해. 미안해. 미안해.

찬양아, 나도 네가 동생 같았어. 마음 주지 않으려 했는데도 어쩐지 계속 끌렸지. 네가 내 인형을 움켜쥐었을 때부터 그랬어. 아무 일도 일어나지 않고 그대로 시간이 지나 네가 어른이 되었다면, 우리는 자매는 아니라도 친구는 될 수 있었을 거야.

아니면 이미 친구였을까? 나는 왜 네 죽음이, 나의 옷에 스며들었던 너의 피가 잊히지 않을까. 이 알량한 죄의식을 어떻게 해야 좋을까.

잊어야 해. 잊고 말 거야.

그러지 않으면 나는 정말로 미칠지도 몰라.

아니다. 나는 이미 미쳤어. 분명히.

8

비 오는 날의 눅눅한 공기가 뺨에 달라붙었다. 이제는 휴대전화로 날짜를 확인할 필요도 없다. 봄비가 내리는 잔혹한 4월이다. 이전 같았으면 주변에 황세정이 있는지, 클로버 로고가 그려진 물건을 가진 다른 누군가 있는지부터 살폈을 거다. 하지만 이번에는 살리기 위해 온 것이 아니다. 아니지. 살리고 싶다, 당연히. 하지만 새벽을 지새우게 한 고통을 해결하는 게 우선이었다. 진월의 전화번호를 눌렀다. 여보세요, 언니? 수화기 너머 진월의 목소리는 그저 경쾌했다.

"너, 유학 갈 준비 한다는 거 진짜야?"

무슨 소리냐고 말해. 아니라고, 하나뿐인 동생하고 그렇게 멀어지고 싶느냐고 농담을 건네. 그렇게 다그치고 싶은 마음을 억누르며 휴대전화를 바짝 귀에 가져다 댔다. 긴 숨소리만 들렸다. 지하철 문이 열렸고, 습관처럼 안내 방송을 따라 승강장으로 내렸다.

"이진월, 왜 말을 안 해."

계단을 오르며 재촉하자 긴 호흡이 짧은 한숨으로 바뀌었다. 그게 곧 대답이었다.

"진짜야? 너 유학 갈 거야? 어디로? 회사도 그래서 그만둔 거야? 어디로 가려고 한 건데? 왜 나한테는 상의도 안 했는데, 왜!"

머릿속에 들러붙어 있던 의문의 파편이 분노로 뭉쳐져 폭발했다. 나는 계단 끝에 우뚝 서서 소리를 질렀다.

"왜 김동진이 그걸 알고 난 모르는 건데!"

바쁘게 걷던 몇몇 사람이 내 쪽을 힐끔거렸다. 그러나 그들은 곧 멀어졌다. 한 차례, 같은 지하철에서 내린 사람들이 썰물처럼 빠져나간 통로에 내 거친 숨소리만 들어찼다. 여유가 없는 숨소리가 싫었다. 발소리로 숨소리를 지우려고 다시 걸었다.

─언니, 진정해. 내 말 좀 들어봐.

"진정? 나 지금 아주 침착해. 말해봐. 듣고 있어."

─유학 준비하고 있던 건 사실이야. 하지만 당장 가는 것도 아니고 서류 준비만 앞으로 몇 달은 넘게 걸려. 원래는 워킹 홀리데이 알아봤었는데 그쪽에서도 프리랜서 일은 계속하고 싶어서 취업 비자로 알아봐야 하나 고민 중이고. 여하튼 확실하게 정해진 건 없어. 그래서 말 안 한 거야.

진월의 목소리가 점점 아득히 멀어졌다. 진짜였다. 진월이 나를 떠나려 했다. 우린 계속 함께야, 언니. 어린 진월이 바로 옆에서 속삭이던 약속이 아득히 멀어졌다.

"그러니깐 왜냐고."

─언니.

"왜 유학하러 간다는 건데. 아니, 가고 싶을 수 있지. 그럼 그런 생각이 들었을 때 나한테 말했어야지."

─언니가 반대할 게 뻔하잖아.

"뭐? 야, 내가 무슨……."

─지금도 내 말 안 듣고 화만 내잖아.

"……화난 거 아냐. 그러니깐 말해봐."

계단을 다 올라 개찰구로 이어진 통로를 아주 느리게 걸었다. 수화기 너머에서 몇 번이고 마른침을 삼키는 소리가 흘러나왔다.

—언니, 나는…… 가벼워지고 싶어.

"가벼워져? 그게 유학이랑 무슨 상관인데?"

—가끔 무거워. 그래서 거리를 둘 필요가 있다고 느꼈어.

"대체 뭐가 무겁단 건데."

—그러니깐, 그게. 언니, 언니는 동생이 없는 삶은 어땠을까 상상해본 적 없어?

숨이 콱 막혔다. 그런 상상을 해본 적 없냐고? 그건 내게 상상이 아닌 현실이었다. 그 현실을 바꾸려고 몇 번이나 터널 안으로 빨려 들어가는 공포를 견뎠다. 진월을 살리기 위해 몇 번이고 진월의 죽음을 봤다. 감각이 무뎌지고 과거와 현재의 경계가 바스러졌다. 그 목표 이외의 다른 건 애써 시야 밖으로 몰아냈다. 바지 끝의 핏자국은 여전히 지워지지 않은 채다.

그런데 진월은 나 없는 삶을 꿈꿨다고 한다.

"어떻게 그런……."

—아니다. 이렇게 말하니깐 좀 이상하다. 언니, 지금 지

하철이지? 비 와. 우산 안 가지고 갔잖아. 내가 마중 나갈게. 얼굴 보고 이야기하자.

"뭐? 아냐. 너 나오지 마. 나 택시 탔어. 집에 거의 다 왔어. 알았지? 절대 나오면 안 돼. 집에서 꼼짝 말고 기다려. 집에서 이야기해."

전화를 끊고 걸음을 서둘렀다. 무언가 오해가 있을 것이다. 진월이 나를 떠나고 싶어 할 이유가……. 있다. 한 가지 마음에 걸리는 건 김동진이다. 나와 김동진이 바람을 피우고 있던 걸 진월이 알아차린 건 아닐까. 손톱 끝을 잘근잘근 씹었다. 피 맛을 느끼며 개찰구에 카드를 찍었다. 우산을 펼치는 사람들 틈에 서서 망설였다. 뛰어갈까, 택시를 탈까. 휴대전화 앱으로 근처 택시를 검색하는데 주변이 부산스러워졌다. 우산을 쓴 사람들 사이로 범인이 달려오고 있었다. 어차피 저 남자는 이곳에선 아무도 해치지 않을 거다. 근처에 클로버 로고가 그려진 물건을 가진 사람이 없으니깐. 주택가를 헤매다 다시 이곳에 돌아와 다른 누군가를 해치겠지. 나와 대화하다가 진월이 밖으로 뛰어나가지만 않는다면 말이다. 진월이 죽도록 미워도, 또다시 죽기를 바라지는 않는다. 범인을 피해 사람들 틈에 섞여 도망치면서도 두렵진 않았다.

하지만 역사 바로 앞으로 떠밀렸을 때였다.

"나를, 나를 무시하지 마!"

범인의 얼굴이 너무 가깝다고 여긴 순간, 배 한가운데 격렬한 통증이 느껴졌다. 범인의 입가에 허옇게 말라붙은 침과 칼을 부여잡은 손, 칼끝이 관통한 내 배에서 왈칵 쏟아진 붉은 피. 그것이 내가 본 전부였다.

죽는다. 여기서 이렇게, 원래의 시간으로 돌아가지 못한 채 죽는다.

"싫어. 절대 안 돼."

나를 사랑스럽다고 말해주는 사람도 생겼는데. 진월만 구하면 완벽한 행복을 손에 넣을 수 있는데. 그걸 위해 몇 번이고 이곳에 오고 또 왔는데.

"죽고 싶지 않아."

진실이 섞인 신음이 흘러나왔다. 죽고 싶지 않아. 죽고 싶지 않다고! 소리치고 싶었지만, 배에 힘이 들어가지 않았다. 터뜨리지 못한 절규를 끌어안고 고꾸라졌다. 웅성거림이 멀어지고 터널이 몰려왔다.

암흑이었다.

*

“죽고 싶지 않아!”

부르짖은 순간 웅성거림이 돌아왔다. 얼룩덜룩한 핏자국이 묻은 바지 끝과 신발. 지하철 승강장에 선 사람들이 나를 내려다봤다. 양팔로 감싸 안은 배에서는 어떠한 통증도 느껴지지 않았다.

“뭐야, 저 사람?”

“술에 취한 거 아냐?”

무심한 말소리에 깊게 숨을 내쉬었다. 돌아왔다. 원래의 시간으로 무사히. 죽지 않았다. 후들거리는 다리에 간신히 힘을 주고 일어나 벤치에 앉았다. 언제나처럼 오한이 몰려왔지만 손을 떼면 배에서 피가 쏟아질 것 같았다. 소름이 돋아난 팔을 문지를 수도 없어 더욱 추웠다.

왜지. 왜일까. 왜.

이제까지 범인이 나를 찌른 적은 없었다. 맨 처음 시간 이동을 했을 때, 범인이 휘두른 칼이 스친 적은 있지만 그건 어디까지나…….

……어디까지나, 뭐? 실수였다고? 배를 더욱 꽉 눌렀

다. 범인은 진월을 찌른 이유가 클로버 로고가 그려진 우산 때문이라고 했다. 그러니깐 그건, 어디까지나 범인의 주장이다. 진실인지 아닌지는 알 수 없다. 어쩌면 다른 이유였을 수도 있다. 아니면, 애초에 이유 따윈 없었을지도.

"아무것도 확실하지 않아."

다음에 또 찔릴 수도 있다. 그리고 그때는 정말로 죽을 수도 있다. 숨이 끊어진 채 원래의 시간으로 돌아와 지하철 승강장에 시신으로 널브러져 있거나 황세정이나 정찬양처럼 나도 모르는, 흐트러진 시간 선이 만들어낸 가짜 이유로 죽은 사람이 되어 있을 수도 있다.

축 늘어진 팔다리, 초점을 잃어버린 눈, 떨리던 입술.

이건 누구의 죽음일까. 쓰러진 진월의 모습 위에 그림자 같은 형체가 너울거렸다. 기억해. 기억하지 마. 인형과 함께 굴러떨어지던 목소리. 머리가 깨질 듯이 아팠다. 몸을 더 작게 웅크렸다. 두통이 너무 심해서 집중이 되질 않았다. 무릎을 손으로 짚고 일어났다. 지하철역을 벗어나면 괜찮아질 것이다. 허리를 굽힌 채 난간을 붙잡고 힘겹게 계단을 올랐다. 계단을 반쯤 올랐을 때 주머니 속 휴대전화가 울렸다. 박태석이었다. 받고 싶지 않았다. 그러나 받아야 한다. 이미 박태석에게 걸려온 부재중 전화가 열 통을 넘었다. 원활한 연락은 좋은 연인의 기본 조건이고, 나는 박태석의 좋은 연인이어야 했다. 그렇지 않으면 박태석에게 버림받을지도 모른다. 선망의 눈길을 받을 수 있게 해주는 유일한 사람에게. 헛기침하며 통화 버튼을 눌렀다. 최대한 밝은 목소리로, 예사롭게 전화를 받을 작정이었다.

―여보세요. 진양 씨? 괜찮아요?

통화 연결이 되자마자 들려온 박태석의 목소리에는 떨림이 가득했다. 내가 밤늦게까지 돌아오지 않는 진월에게 전화를 걸었을 때의 그런 떨림이었다. 괜찮은 척해야 한다는 결심이 무너져 내렸다.

"괜찮지 않아요."

―어디예요?

입을 열지 말자. 말하지 말자. 그러나 박태석의 질문이 너무 다정했다. 누구에게든 어리광을 부리고 싶다는 충동이 단 한 번도 터진 적 없던 휴화산의 용암처럼 끓어올라 나도 나를 주체할 수가 없었다.

"응암역이요. 태석 씨, 저 좀 지쳤나 봐요."

—알았어요.

다정함은 사라지고 건조한 신호음만 남았다. 난간을 붙잡은 채 계단에 주저앉았다. 약한 소리를 입 밖에 낸 탓이다. 역시 그래서는 안 됐다. 언제나처럼 감정이 휘몰아칠 때야말로 평온이란 껍질을 뒤집어써야 했다. 무덤덤해질 수 있도록. 지지해주는 사람 없이도 두 발로 제대로 서 있을 수 있도록. 어린 그날, 엄마의 장례식장에서 그랬듯이.

슬프지 않았던 게 아니었다. 엄마의 장례식장에서 내가 울지 않았던 건 진월 때문이었다. 내가 울면 진월이 따라 우니까. 그러면 할머니가 언니가 동생을 잘 보살피지 못한다고 혼을 내니까. 슬픈데 혼이 나면 더 슬퍼지니까. 무엇보다 내가 진월이 우는 걸 바라지 않았다.

동생이 없는 삶을 상상해본 적 있냐고?

있었다. 백 번, 천 번도 더 상상했다. 학교가 끝나고 집에서 기다리고 있는 진월을 신경 쓰지 않고 친구들과 놀고 싶었다. 진월의 담임 선생님이, 진월이 준비물을 제대로 챙겨오지 않았다거나 교실에서 울었다는 걸 알려줄 때면 나도 어린아이인데 어쩌라는 건가 싶었다. 진월이 잘못해도 내가 먼저 혼났고, 같이 독감에 걸려도 나는 진월을 간호해야 했다. 정작 나를 간호해주는 사람은 없었다. 차라리 내가 동생이었으면. 진월이 없었으면. 온갖 상상을 다 했다. 진월과 크게 다퉜을 때는 너 같은 거 필요 없다고 소리친 적도 많다.

진월이 칼에 찔린 그 봄날, 병원 복도에 앉아 수없이 많았던 다툼을 떠올렸다. 내가 진월에게 내뱉었던 모진 말들이 저주가 되어 진월을 찌른 것이 아닐까. 지하철역에 모여 있던 인파 중 범인이 진월을 찌른 게, 그 저주가 표식처럼 달라붙어 있어서는 아닐까. 자매 사이라면 그 정도 악담은 흔히 주고받는다는 걸 알면서도 그런 상상을 멈출 수가 없었다.

"이제 다 그만두고 싶어."

이 말도 분명 후회하게 되리라. 엄지와 검지로 입술을 꽉 잡고 오른쪽으로 세게 비틀었다. 나쁜 입은 벌을 받아야 한다. 왼쪽으로 다시 비틀려는데, 커다란 손이 내 손을 잡고 가만히 아래로 내렸다.

"그러지 마요."

환청인가 싶었다. 박태석이 이곳에 있을 리가 없다. 뒤

돌아보려는데 커다란 손이 내 어깨를 꽉 끌어안았다. 가쁜 숨소리와 옅은 땀 냄새가 박태석이 급하게 뛰어왔음을 짐작하게 했다.

"그만하고 싶으면 그만하면 되죠."

박태석의 체온이 피부 안으로 스며들었다. 나는 좀 더 박태석의 몸 안으로 파고들었다. 이러면 안 된다고, 귀찮게 굴면 금세 질려할 거라 여기면서도 무작정 몸을 맡기고 싶은 유혹을 이길 수가 없었다.

"어릴 때 동생이 잠을 못 자면 옛날이야기를 해줬어요. 해님 달님 이야기."

박태석의 체온에 둘러싸여 나와 진월처럼 자매가 주인공인 '해님 달님' 이야기를 했다.

"한번은 동생이 자기가 이야기를 들려주겠다고 하더군요. 결말이 달랐어요. 호랑이는 버터가 되었죠. 하늘로 올라가 해와 달이 되기 전에, 자매는 나무에서 내려와서 호랑이 버터로 팬케이크를 만들어 먹어요."

자매는 이미 해와 달이 되는 상을 받았는데 팬케이크까지 먹는 건 반칙이잖아. 내가 그렇게 말했더니 진월은 눈을 둥그렇게 뜨며 "덤이잖아. 아무 노력 없이 받는 상이 제일 기쁜 법이야."라고 했다. 넌 어려서 뭘 몰라. 나는 잘난 척, 진월의 뺨을 꼬집었다.

"진짜 팬케이크를 만들어 달라고 해서, 핫케이크 가루를 사 와서 포장지에 적힌 대로 만들었어요. 완전히 망쳤죠. 어렵더라고요. 그 뒤로 한동안 동생 몰래 팬케이크 만드는 연습을 했어요. 동그랗고 예쁜, 보름달 같은 걸 만들어서 주고 싶어서 연습하고, 또 연습하고……."

"이젠 연습할 필요 없어요."

묵묵히 내 이야기를 듣던 박태석이 귓가에 속삭였다.

"내가 만들어줄게요. 진양 씨, 나는 진양 씨의 애달픔을 사랑해요. 앞으로 평생, 내게 진양 씨의 슬픔을 나누어줄래요?"

나는 크게 숨을 들이마셨다. 박태석의 땀 냄새가 옅은 향수처럼 느껴졌다. 나를 위해 뛰어와준 사람. 기꺼이 자신의 체온을 내준 사람. 좋아하는 이유가 무엇인지, 초콜릿 아래 숨겨진 게 무엇인지 꼭 알 필요가 있을까. 박태석의 체취와 체온이 뒤섞여 혈관을 타고 온몸으로 퍼졌다.

진월아, 그때 뺨을 꼬집어서 미안해.

나는 더 깊숙이 박태석의 품 안에 파고들어 가슴팍에

머리를 기댔다. 진월이 옳았다. 아무 노력을 하지 않고 받는 상이 더 기쁘고, 일방적으로 기댈 수 있는 사랑일수록 달콤하다.

이젠 진월이 아니라도 심장을 데워줄 사람이 있다. 그러니 그만해도 되지 않을까. 진월을 구하는 데 계속 실패하는 건, 나를 떠나려던 진월의 의지에 반하기 때문은 아닐까. 그만두는 게 오히려 진월을 위하는 게 아닐까.

시작은 우연이었으나 끝은 선택이다. 나는 박태석에게 온몸을 맡긴 채 눈을 감았다.

찾아갔던 무속인 중 한 명이 연락을 해왔다. 개씨 성의 피를 이은 아이를 문전박대한 탓인가, 그 뒤로 자기의 신기가 뚝 떨어졌다고 한탄을 하더니 대뜸, "이전에는 산의 기운이 나무의 뿌리를 타고 전해진다 여겼지. 그러나 지금은 어떠냐. 지하철이 뚫린 후 기운이 끊기고 뭉쳐 더 이상 사방으로 퍼지지가 않아. 그때부터였지. 개씨 성을 가진 여자들의 팔자가 어그러지지 시작한 게."라고 말했다. 무슨 말이냐고 물었더니 "개씨 성 중에서도 특별한 피가 있어. 내 신기를 홀딱 거두어 간 거 보니, 너도 그중 한 명인가 보다. 내 주소 하나 보내줄 테니 네 뿌리와 피를 알려면 거기 한번 가봐라.

간다고 만날 수 있을런가는 모르겠다만. 어쨌든 난 할 만큼 했으니 네 조상신한테 지랄 좀 그만하라고 전해줘."라고 한숨을 푹푹 쉬며 일방적으로 떠들곤 전화를 끊었다. 그러곤 곧, 메시지로 명함 한 장이 전송되어왔다. 나무 여러 그루가 둥글게 이어진 그림이 그려져 있었다.

이제 이 명함은 필요 없다. 나는 여기 쓰인 주소로 찾아가지 않을 거다. 진월의 피가 피부에 완전히 스며들고 밤마다 악몽이 지속되더라도 눈을 꽉 감고 끝낼 거다. 더 이상 버뮤다에 뛰어들지 않을 거다.

행복해지자, 행복해지자, 행복해지자. 반드시.

9

늦여름의 더위를 품은 바람에 풍선이 느릿하게 흔들렸다.

초록 잔디밭과 흰 레이스 식탁보가 깔린 기다란 탁자. 탁자 위에는 커다란 3단 케이크가 놓여 있다. 하늘하늘한 드레스를 입은 여자아이들과 나비넥타이를 맨 남자아이들. 오케스트라의 생일 축하 노래 연주가 끝나자, 피에로가 등장해 팬터마임을 선보이며 풍선을 나누어주었다. 아이들은 앞다투어 풍선을 받았지만 곧 흥미를 잃고 정원 한쪽에 놓인 레이싱 카로 달려갔다. 역시나 옷을 차려입은 어른들은 두세 명씩 모여 와인 잔을 기울이며 담소를 나누고 있었다. 나는 그들 사이에 끼어들지 못하고 식탁 근처를 서성거리며 접시에 음식을 담는 척했다. 박태석이 친구 아이의 생일 파티에 함께 가자기에 따라온 자리였다. 결혼한 친구 아이의 돌잔치에 갔던 기억을 떠올려 나름대로 만반의 준비를 했다. 꽤 비싼 레고 장난감과 아이에게 용돈이라며 내밀 5만 원짜리 신권, 적당히 격식을 차린 회색 정장. 그러나 도착한 순간 내가 경험한 아이의 생일 파티는, 거기서 익힌 상식은 이곳에서 통하지 않을 것을 알았다. 일단 박태석 친구의 집 앞마당이 내 빌라보다 넓었다. 사람들은 익숙하게 서로를 껴안으며 인사를 나누었고, 박태석은 부지런히 친구들에게 나를 소개했다. 나는 어색한 미소를 지으며 만나서 반갑다는 말을 앵무새처럼 반복했다. 그마저도 파티가 시작되고 박태석이 어디론가 사라질 때까지였다. 혼자 남은 나는 하릴없이 피에로의 손에 들린 풍선 다발만 바라보았다. 꽃다발 같은 풍선 다발 속에서 기억이 함께 흔들렸다.

해가 저물어가던 놀이공원과 빨간 풍선.

기억 속 나는 엄마의 옆얼굴을 올려다보며 앉아 있었다. 엄마의 배가 불룩했다. 정수리에 내리쬐는 해의 열기도 되살아났다. 어린 나는 엄마의 옆구리에 찰싹 달라붙으며 이대로 땀이 계속 흘러내려 녹아내린 아이스크림처럼 엄마와 하나가 되기를 바랐다. 그러나 엄마는 중천에 떠 있던 해가 저물어 사라질 때까지 한 번도 내 쪽을 보지 않았다.

꿈속에서 인형을 주운 이후 갑작스럽게 어릴 적 기억이 떠오르는 경우가 많아졌다. 진월에 대한 미련도 채 정리하지 못한 내게는 반갑지 않은 기습이었다.

"어머, 울어요? 무슨 일 있나요?"

풍선 다발이 시야에서 사라졌다. 내 앞에 선 여자는 커다란 나비가 그려진 숄을 걸치고 있었다. 여자는 내게 와인 잔을 내밀었고, 내가 고개를 가로젓자 잔에 반쯤 담겨 있던 와인을 한 번에 몽땅 마셨다. 알코올 냄새가 섞인 숨소리와 새빨간 목덜미로 유추하건대 여자는 이미 만취 상태였다.

"이진양 씨랬죠. 태석이가 혼자 됐구나? 그럴 줄 알았어."

여자는 깔깔 소리 내 웃더니, 내 팔을 낚아채 팔짱을 꼈다. 그러곤 귓가에 작게 속삭였다.

"태석이, 분명히 멀리서 보고 있을걸요. 이진양 씨가 곤란해서 쩔쩔매면서 자기 찾는 모습을 바랄 거예요. 두고 봐요. 곧 무슨 구원자처럼 나타나서 우리 진양이 왜 혼자 있어, 이럴 거예요. 걔는 원래 그렇거든요. 곤란에 빠진 사람을 도와주는 슈퍼 히어로가 되고 싶어 하죠. 내가 고등학교 때 빈혈로 자주 수업 빼먹고 하니깐, 부탁하지도 않았는데 맨날 집까지 찾아와서 수업 필기 빌려주고 그랬어요."

박태석이 말했던, 대학 가는 걸 도와주었다던 몸이 약한 친구인 모양이었다.

"난 과외하니깐 별로 필요 없었는데도 그거 가지고 어찌나 생색을 내던지. 문제는 그거죠. 걔 주변 사람도 다 잘살아서, 곤란한 사람이 그다지 없단 거예요. 그래서인가."

여자의 입술이 내 귓불에 닿을 듯 좀 더 가까워졌다.

"맨날 그쪽처럼, 뭔가 결핍이 있는 사람을 애인이라고 데려온단 말이죠. 하지만 조심하세요. 그 결핍이 사라지는 순간, 버림받을 테니깐. 이제까지 태석이가 소개한 여자들 다 그렇게 사라졌어요."

여자의 어깨 너머로 손을 흔들며 다가오는 박태석이 보였다. 여자는 내 팔을 놓고는 비틀거리며 멀어졌다. 알코올 냄새를 털어내려고 고개를 양옆으로 세차게 흔들었다.

"쟤가 뭐라고 했어요?"

박태석이 내게 다가와 미간을 찌푸리며 물었다.

"이전에 내가 많이 도와줬던 친구예요. 나에게 고백한 걸 거절했는데 그 뒤로도 통 미련을 버리지 못하네요."

내가 별말 안 했다고 하자, 박태석은 그제야 미간을 풀며 웃었다.

"갑자기 사라져서 미안해요. 친구 애가 삼촌 오랜만에 봤다고 잡고 안 놔주는 바람에. 내가 우리 진양 씨 옆에 딱 붙어 있어줘야 했는데."

"괜찮아요. 풍선 보고 있었어요."

"풍선이요?"

나는 손가락으로 풍선 더미를 가리켰다. 빨간 풍선 하나가 무리에서 빠져나가 하늘로 날아오르고 있었다. 헬륨가스가 가득 찬, 빨갛고 커다란 풍선. 기억 속 어린 나도 피에로에게서 풍선을 받았다. 엄마에게 풍선을 내밀자, 엄마가 나를 꽉 끌어안았다. 미세하게 떨리는 입가로

벙긋 웃으며 나를 꽉 끌어안던 엄마의 얼굴. 둥실 떠오를 것같이 행복했지만, 그 행복이 언제 터질지 몰라 불안했던 감각까지 생생하게 되살아났다. 치켜든 팔을 내릴 생각도 하지 못한 채 멀어지는 풍선을 눈으로 좇았다.

"진양 씨, 할 말이 있어요."

귀에 익은, 부드러운 바이올린 연주 소리가 나를 기억에서 끄집어냈다. 박태석이 내 앞에 한쪽 무릎을 꿇고 앉아 있었다. 박태석의 손에 들린 반지 케이스 속, 다이아몬드의 반짝거림이 몸 안을 환호로 부풀렸다. 어느새 주변에 모여든 사람들이 손뼉을 쳤다. 나는 어릴 적 기억처럼 풍선이 되었다. 파티 내내 사람들의 축하를 받으며 한층 더 부풀어 올라 둥둥 뜬 채 집에 돌아왔다. 빌라 계단을 가뿐히 올라 현관문을 열자마자 외쳤다.

"진월아, 나 오늘."

망각이 아닌 습관이었다. 손에 들고 있던 핸드백이 바닥에 툭 떨어졌다. 벌어진 입술 사이로 나가지 못한 말들이 버둥거리다가 목 아래로 미끄러졌다.

진월이 없다는 건 이런 거구나.

터질 듯한 기쁨을 온전히 나눌 상대가 없다는 것. 함께 이불을 뒤집어쓰고 누워 대책 없는 희망을 따뜻한 우유처럼 나눠 먹을 수 없다는 것. 앞으로 웨딩드레스와 신혼여행지를 고르거나 웨딩 촬영을 할 때도 나는 혼자다. 몸에 힘이 빠져 그대로 주저앉았다. 진월을 보내고 분노가 아닌 순수한 슬픔에 절망한 건 처음이었다. 이대로 슬픔의 바닥까지 가라앉으면 오히려 후련해지지 않을까. 그대로 드러누웠다. 그러나 곧 벼락처럼 내리친 현관문 두드리는 소리에 놀라 몸을 일으켰다.

"누나! 야, 이진양! 왜 날 계속 무시해!"

김동진의 난입은 무례했다. 슬픔에 가라앉다가 억지로 끌어올려진 나는, 그 잔해를 뒤집어쓰고 눈을 껌뻑거리며 김동진의 폭언을 들었다. 누나, 일단 나 일자리부터 좀 소개해줘. 아니면 돈 좀 빌려주든가. 나 당장 월세 낼 돈도 없다고! 무시해? 나와. 안 나오면 너 얼마나 갈보 같은 년인지 내가 다 퍼뜨린다. 진월이 죽은 것도 다 너 때문이야. 내 여자 친구 죽였으면 당연히 그 자리 채워줘야지. 나 좋다며!

좋다고 한 적 없었다. 단 한 번도, 김동진에게 그 비슷한 말도 하지 않았다. 번개가 풍선에 구멍을 냈다. 환호는 순식간에 쪼그라들고 그만큼의 분노가 차올랐다.

"난 분명히 말했다. 딱 사흘이야. 8월 마지막 날, 여름 끝날 때까지만 참는다. 그 전에 나한테 와서 싹싹 빌어. 고개 들고 사회생활 하고 싶으면!"

무릎으로 엉금엉금 기어 방으로 향했다. 침대 아래 넣어두었던 가방을 꺼냈다. 다시는 시간 이동을 하지 않겠다고 다짐하며 숨겨둔 것이다. 가방에 달린 인형을 꽉 움켜쥐었다.

참는다고, 네가?

부풀었던 풍선의 바람은 이미 빠졌다. 김동진을 그냥 두었다간 구멍이 넓어져 풍선을 납작하게 쪼그라트릴 거다. 그러다 산산조각으로 흩어질 수도 있다. 간신히 손에 넣은 나의 또 다른 껍질이 사라진다.

그렇게 둘 순 없지. 나야말로 참지 않을 거다.

*

우리가 신실할 수 있는 유일한 일은 사랑과 살인뿐이다.

김동진에게 역 앞으로 나오라는 메시지를 보낸 후 문

득 떠올렸다. 진월이 과장된 몸짓과 함께 읊조렸던 문장. 지하철에서 내리며 진월과 함께 연극을 보러 갔던 날을 떠올렸다. 가방에 든 칼의 무게를 잊기 위해 무슨 생각이든 해야 했다. 진월이 과외를 했던 학생이 연극영화과에 입학해 축제 무대에 선다며 초대권을 보냈다. '노부인의 방문'이란 제목의 연극은 서툰 학생들의 연기 때문에 두 배로 지겨웠다. 젊을 적 배신의 상처를 안고 떠난 노부인이 갑부가 되어 고향에 돌아가 자신의 옛 연인을 죽여주면 도시에 어마어마한 돈을 기부하겠다고 선언하는 장면까지만 보고 졸았다. 진월은 나와 다르게 연극이 무척 재미있었다고 했다. 감상을 묻는 진월에게 차마 졸았다고 할 수 없어 "미워하는 사람을 죽이려고 거금을 쓰다니 바보 같아."라고 답했다. 진월은 "난 이해가 돼."라고 말하더니 연극배우처럼 한 손을 허공에 뻗었다. "우리가 신실할 수 있는 유일한 일은." 뭐 하는 거냐고 질색하자 진월은 웃었다. 이 극을 쓴 희곡 작가가 한 말인데, 너무 공감이 갔다나. 진월이 내가 지루하다고 느낀 연극을 재미있어 하는 거나, 나는 들어본 적 없는 희곡 작가의 이름을 들먹이는 거나 다 싫었다. 그래서 화를 냈다. 살인을 함부로 들먹거리는 건 전혀 멋있지 않다고. 무슨 뜻인지도 모르면서 유명한 사람이 한 말이라니까 읊조리는 거 아니냐고. 진월은 아니라고 했다. 뭐가 아니라는 건지는 듣지 못했다. 진월에게 표를 보낸 학생이 다가왔고, 진월은 그와 대화를 나누었다.

"진월아, 나 지금은 그 말에 공감할 수 있어."

혼잣말을 중얼거리며 지하철 계단을 올랐다. 비에 젖은 공기가 답답한 체증을 시원하게 내려주었다. 이제까지 몇 번이고 시간 이동을 했지만, 개찰구로 이어진 통로를 이렇게나 무덤덤하게 걸어가긴 처음이었다. 이 길이 끝나면 출구에서 김동진이 기다리고 있을 거다. 우산을 가지고 역으로 나와 달라는 메시지에 김동진은 귀찮다고 답했다. 그러나 나오지 않으면 우리 관계를 진월에게 밝히겠단 메시지에 태도가 단번에 바뀌었다. 누나, 왜 그래. 나 지금 회사인데 바로 갈게. 기다려. 음절 사이에서 치졸한 다급함이 느껴졌다.

김동진을 마주한다. 그리고 찌른다.

단순하기 그지없지만 더없이 확실한 해결 방법이다. 시간 이동을 한 이 시간대, 과거의 죽음은 현재의 김동진

역시 죽음으로 이끌 것이다. 지금까지 어긋나지 않은 단 하나의 조건. 범인은 반드시 누군가를 죽이고 그 순간 나는 원래의 시간으로 돌아간다. 고로 나는 김동진을 죽인 후, 범인에게 살해당하지 않도록 조심하기만 하면 된다. 그러면 터널이 나를 죽음에서 분리해 결백을 안겨줄 것이다.

개찰구 앞에 서서 칼이 든 가방을 한 번 쓰다듬고 카드를 찍었다. 역사 앞에 서서 내리는 빗줄기를 멍하니 봤다. 빗줄기 사이로 환영이 어른거렸다.

김동진이 내게로 다가온다. 클로버 로고가 그려진 우산을 쓰고 있다. 회사에서 바로 온다던 김동진. 그랬다. 김동진은 이때쯤 내 소개로 센터에서 외주 일을 맡아 하고 있었다. 뻔질나게 센터를 드나들어서 직원 중 몇몇은 김동진을 정직원으로 착각하기도 했다. 회사가 센터를 말하는 거였구나. 나는 우산에 그려진 클로버처럼 웃는다. 김동진의 등 뒤로 뛰어오는 남자가 보인다. 하도 많이 마주한 탓에 이제는 범인의 얼굴이 이웃처럼 익숙하다. 범인이 손에 든 칼로 김동진을 찌른다. 소동이 벌어지고 나는 우왕좌왕 헤매는 사람들 틈에 섞여 현장을 빠져나온다. 집으로 간다. 창백한 얼굴로 빌라를 뛰쳐나오는 진월과 마주친다. 김동진이 사고를 당했단 소식을 들은 거다. 나는 진월을 끌어안고 가지 못하게, 억지로 집으로 데리고 들어가 밤이 새도록 함께 이불을 뒤집어쓸 거다.

아침이 오고, 또다시 하루가 지난다. 김동진은 죽고 진월은 살 거다. 그대로 시간이 흘러도 원래의 시간으로 돌아가도 마찬가지다. 진월은 실의에 빠진다. 남자 친구의 죽음이 진월의 모든 기력을 빼앗아 유학이든 뭐든 꿈꿀 수 없게 만든다. 나는 진월을 달랜다. 진월을 달래는 건 내 특기다. 진월은 아무리 밥을 먹기 싫다고 해도 고소한 참기름 넣어 비빈 비빔밥을 코 아래 들이밀면 울면서도 먹는다. 비 오는 날이면 김동진의 사건이 떠오른다고 더 우울해하겠지. 파전을 부칠 거다. 진월이 좋아하는 굴도 잔뜩 넣을 거다. 비 내리는 소리가 전 부치는 소리에 뒤덮여 들리지 않게 해줄 거다. 나쁜 꿈을 꾸지 않도록 어릴 때처럼 진월을 끌어안고 계속 다독거려줄 거다.

몇 번의 비 오는 날을 견디면 여름이 올 거다. 박태석이 청혼을 한다. 진월은 내 결혼 소식에 기뻐할 거다. 김동진의 사건으로 계속 우울해하더라도, 분명히 기뻐해줄 거다. 나는 진월에게 김동진과 나의 관계에 대해 평생 말하지 않을 거다. 대신 박태석에게 결혼한 후에도 동생과 함께 지내고 싶다고 부탁할 거다. 박태석은 분명 내 부탁을 들어줄 거다.

걱정하지 마, 진월아. 내가 결혼할 남자는 김동진 따위와는 비교도 할 수 없게 좋은 사람이야. 진월이 넌 왜 그렇게 남자 보는 눈이 없니. 네가 그딴 거랑 사귀는 바람에 나도 그 쓰레기를 견뎌야 했잖아. 그런 말도 안 할 거다. 나보다 부족한 진월을 보듬어주는 게 나, 이진양의 몫이고, 나는 그 몫이 더없이 기쁘다.

차가운 물방울이 뺨을 두드렸다. 옆에 서서 우산을 접던 사람에게서 튄 빗방울 하나에, 빗줄기 사이로 어른거리던 환영이 사라졌다. 눈가를 꾹 눌러 환영의 잔재를 밀어냈다.

이루어지든 이루어지지 않든, 이번이 진짜로 마지막이다. 행복해질 거다. 진월을 죽인 범인의 형량은 무기징역까지 늘어났다. 그 정도면 됐다. 진월도 내게 그렇게 말해줄 거다. 노력했다고. 그렇게 생각하지 않으면 영원히 슬픔의 장례식을 치를 수 없다. 이번에 진월을 구하지 못해도 어쩔 수 없다. 목표는 김동진을 없애는 거다. 거기에 집중해야 한다.

빗줄기 사이로 클로버 로고가 보였다. 가까워지는 우산을 들고 선 이는 김동진이었다. 심장이 요동쳤다. 설마 방금 전의 환영은, 내 소원이 만들어낸 상상이 아니라 예언이었던 걸까. 이번 시간 이동에는 원하는 게 모두 이루어질 거란 계시였을까. 눈을 깜짝일 수조차 없었다. 어서 빨리 범인이 나타났으면. 원하는 장면을 내 눈앞에 가져다줬으면. 증오스럽기 그지없던 범인을 구세주처럼 기다렸다. 김동진이 내 쪽을 향해 손을 흔들었고, 나는 김동진을 향해 한 발 한 발 걸어 나갔다. 차가운 빗줄기가 정수리를 때렸다. 아직도 범인은 나타나지 않았다. 이번엔 왜 이리 꾸물거리는 걸까. 어쩌면 범인은 주택가를 헤매고 있을 수도 있다. 이 자리에 나타나지 않을지도 모른다. 그러면 김동진을 없앨 수 있는 건 역시 나뿐이다. 나는 한 발 더 빗속으로 걸어 들어갔다. 언제 가방 속의 칼을 꺼내야 할까. 김동진이 이상한 낌새를 눈치 채고 도망치면 어쩌지. 혹시 김동진에게 칼을 빼앗기면 내가 찔릴 수도 있다. 여기서 죽으면 원래의 시간대로 돌아가도 죽을지 모른다. 다리가 후들거렸다. 김동진이 가까워질수록 몸의 떨림은 점점 더 심해졌다.

안 된다. 못 하겠다. 나는 사람을 죽일 깜냥이 되지 않는다.

결국 제자리에 주저앉았다. 웅크린 목덜미에 차가운 빗물이 흘러내렸다. 사실은 시간 이동을 하기 전부터 알고 있었다. 나는 김동진을 죽일 수 없다. 그를 사랑해서가 아니다. 한 번도 김동진을 사랑한 적은 없다. 내가 그에게 느낀 것은 오직 은밀한 동료의식이었다. 진월을 사랑하기에 영원히 나보다 부족한 인간으로 남아 있어주기를 바라는, 비틀린 애정을 품은 동료다. 자신의 추악함을 희석하려 동료의 냄새를 맡는 코만은 기가 막히게 발달한 보잘것없는, 거울 속 나와 같은 존재가 김동진이었다. 김동진을 죽이는 건 나를 죽이는 감각이 들 터였다.

하지만 죽여야 한다. 행복해지려면 내가 나를 죽여야만 한다.

웅크려 앉은 채 가방 안을 더듬어 칼을 꺼냈다. 양손으로 칼의 손잡이를 꽉 쥐자, 일순 주변의 모든 소리가 빗소리와 하나가 되어 사라졌다. 발소리와 말소리, 조금 떨어진 도로를 달리는 자동차 소리까지. 적막이 고치처럼 나를 감쌌다.

"언니, 왜 비를 다 맞고 있어?"

목덜미로 흘러내리던 빗물이 멈추고 부드러운 목소리가 고치 안으로 파고들었다. 고개를 들자, 우산을 든 진월이 보였다. 진월의 옆에는 김동진이 서 있었다. 왜 둘이 같이 있는 건지 생각할 틈 따윈 없었다. 깨진 고치 안으로 사람들의 비명이 몰려들어왔다. 칼을 든 범인이 진월을 향해 달려왔다.

눈이 마주쳤다.

등에 소름이 돋았다. 착각이 아니다. 범인은 먹이를 노리는 하이에나처럼 내게 시선을 고정하고 점점 가까워졌다. 언니, 도망가자! 진월이 내 팔을 잡아당겼다. 일어나려고 했지만, 몸이 말을 듣지 않았다. 진월이 나를 끌어안았고, 범인이 진월의 등을 찔렀다. 내 품 안에서 진월의 몸이 늘어졌고 김동진이 비명을 질렀다.

비명을 질러야 하는 건 나잖아.

터널에 집어삼켜지기 전에 본 건 도로로 뛰쳐나갔다가 차에 치이는 김동진의 모습이었다.

*

약속 장소인 카페에 나타난 김동진은 한쪽 다리를 절고 있었다. 집 앞에서 나를 기다리고 있었을 때의 살기등등한 눈빛은 어디론가 사라진 채였다.

"다리는 왜 그래?"

"왜 갑자기 모른 척이야? 진월이 장례식 날 교통사고 난 거, 진월이가 천벌 내린 거라고 한 거 누나였잖아."

그랬나, 그랬지. 대충 얼버무리며 머리를 굴렸다. 직전의 시간 이동에서 김동진은 차에 치였다. 그게 원래 시간대에선 진월의 장례식 날 교통사고를 당한 걸로 바뀐 모양이다. 돌아온 직후 확인한바, 다른 부분은 변한 게 없었다.

"이거 돌려주려고 만나자고 한 거야."

김동진이 건넨 쇼핑백 안에는 영어 교재와 이어폰, 두툼한 서류봉투가 들어 있었다. 봉투를 열어 안에 든 서류를 살펴보았다. 서류에 붙은 증명사진 속 진월은, 내게 우산을 씌워주던 때처럼 미소 짓고 있었다. 진월의 머리를 쓰다듬듯이 사진을 어루만지다가, 서류를 다시 봉투에 넣었다. 워낙 종이가 빡빡하게 들어찬 탓에 서류가 자꾸

봉투 입구에 걸렸다. 봉투를 뒤집어서 조심스럽게 서류를 밀어 넣는데, 봉투 안에서 무언가 탁자로 떨어졌다. 명함이었다.

"집에선 유학 준비하는 거 눈치 보인다고 내 원룸에서 했거든."

"진짜 가려고 했구나……."

"진월이, 사건 날에 누나한테 말할 계획이었어. 나한테 그랬거든. 더 이상 미룰 수 없다고. 나는 뭐……. 유학 확실히 정해지면 말하라고 했지."

김동진이 빨대 끝을 손톱으로 꾹 눌렀다. 긴 침묵이 이어졌다. 나는 탁자에 떨어진 명함을 들어 살폈다. 회사에서 많이 쓰는 밋밋한 디자인이 아닌, 한가운데에 커다란 나무가 그려진 화려한 명함이었다. 한쪽에 '목신 보살'이라 쓰여 있는 걸 보면 무당의 명함인 듯했다. 진월이 무속이나 점에 관심이 있었나 싶어 의아했다.

"누나가 날 계속 피하는 게 원망스러웠어. 다리 한쪽 영영 못 쓰게 된 것만도 힘든데 의지할 수 있는 사람은 한 명도 없어서 더 그랬지. 누나가 그렇게 속물적인 사람이었나 싶고."

"네가 다친 거와는 아무 상관도 없어."

김동진이 흥, 콧방귀를 뀌었다.

"거짓말 마. 내가 누나를 몰라? 누나는 자기의 불행을 빛나게 해주는 사람을 좋아하잖아. 하나뿐인 동생을 챙기는 착한 누나! 동생 명문대 보내느라 전문대에 간 가엾은 희생양!"

"김동진."

"그냥 누나가 성적 안 좋아서 그 대학 간 거면서, 진월이 때문에 빨리 취직했어야 한다고 은근슬쩍 사람들한테 어필하는 거 볼 때마다 얼마나 웃겼다고. 진월이 학비, 전부 개 아빠가 댔잖아! 누나 학비는 안 대줬다며? 그렇겠지. 내가 아빠여도 맨날 피해자인 척하는 딸은 보기도 싫겠다."

"야, 김동진!"

"왜! 내가 틀린 말 했냐! 누나 맨날 나도 아버지 안 좋아해, 하고 쿨한 척하면서 그거 다 안에 쌓아두고 있었잖아! 술만 마시면 왜 다들 진월이만 예뻐하느냐고 구시렁구시렁. 진월이도 떠난 마당에 인정해. 누나는 진월이를 갉아먹으면서 자기 자존감 채우고 있었어."

쾅. 탁자를 내리치자 컵 옆에 놓여 있던 티스푼이 바닥에 굴러 떨어졌다.

"미친 새끼. 그러는 너는? 넌 뭐가 달라?"

"난 다르지. 난 진월이를 사랑했어. 진월이가 원하는 건 다 해주고 싶었어."

"네가? 진월이가 네가 원하는 걸 다 해줬겠지! 너 진월이 회사 일 맡았던 것도, 진월이 빽이었잖아! 내가 모를 줄 알아? 거기서도 정직원인 척하고 다닌 것도 다 알아! 너야말로 네 무능력을, 진월이의 남자 친구란 포지션으로 채우려 했잖아."

"난, 나는!"

김동진도 탁자를 내리쳤다. 벌겋게 달아오른 얼굴과 핏줄이 서도록 꽉 쥔 주먹에 분한 듯 내쉬는 거친 숨까지 모든 게 추했다. 나도 저런 모습일 거라 생각하니 정신이 번쩍 들었다. 슬그머니 허리를 숙여 티스푼을 주웠다.

"난 진월이 대신 죽을 수도 있었어!"

연극 조의 외침에 탁자 아래에서 피식 웃었다. 탁자 아래에서 나와보니 김동진은 자기가 한 말에 취한 듯 작게 흐느끼고 있었다.

"지랄하지 마."

쇼핑백에 담긴 물건을 꺼내 내 가방에 챙겨 넣었다. 탁자에 올려두었던 영문 모를 무당의 명함까지 하나도 빼놓지 않고 챙겼다. 진월의 물건이 김동진의 쇼핑백에 담겨 있다는 것조차 싫었다.

"넌 진월이 놔두고 혼자 도망갔을 거야."

추측이 아닌 사실이었다. 나는 비명을 지르다가 범인이 칼을 휘두르자, 도로에 차가 오는지도 확인하지 않고 허둥지둥 달아나던 김동진을 본 터였다. 김동진은 눈가를 손등으로 꾹꾹 누르며 나를 노려보았다.

"그러는 누나는? 누나는 달랐을 것 같아?"

"나는……."

나는 당연히 진월이 대신 죽을 수도 있어. 그렇게 받아칠 수 없었던 건 칼이 몸을 관통하던 공포가, 죽고 싶지 않았던 처절한 감정이 떠올라서였다. 죽고 싶지 않았고 지금도 죽고 싶지 않다. 나는 진월을 구해내 옆에 데려오고 싶은 거지, 나를 제물로 바치고 싶지는 않다. 경험했기에 깨닫게 되어버린 진실에 거짓을 덧칠할 수는 없었다. 나는 김동진에게 쇼핑백을 던졌다.

"더러웠고 다시 만나지 말자."

"안 그래도 그럴 거야. 누나한테 마음 접었어."

"그것참, 고맙네. 진짜지?"

"진짜야."

김동진이 무릎 위로 떨어진 쇼핑백을 주워 들었다.

"이상한 꿈을 꿨단 말이지. 내용은 확실히 기억나진 않지만 끔찍한 꿈이었어. 진월이 사고 장소에 내가 있는 꿈. 깨고 나서 누나랑 이 이상 얽히면 안 된다는 생각이 들더라. 내가 다리를 다친 것도 왜인지 다 누나 때문인 거 같고."

"그래. 잘 생각했어."

"누나, 나 누나 좋아한 적 없어."

"알아."

"누나가 나한테 매달렸던 거야. 지금도 내가 차는 거고."

김동진의 치졸함을 마지막으로 용인한 건 나를 죽이지 못한 나에 대한 작은 벌이었다.

메모 10

최근의 검색 결과를 기반으로 액정의 인터넷 화면 한쪽에 뜬 글을 클릭한 건 습관 때문이었다. 더 이상 진월을 찾으러 가지 않을 거라 결심했음에도 자동으로 손이 갔다. 이전에 무어 하나라도 찾을 수 있을까 뒤지고 뒤져 들어갔던, 이용자가 극히 적은 도시괴담 사이트였다. 2년 전에 지하철에서 요란한 한복을 입은 여자를 봤다는 글. 그 글에 새로운 댓글이 달렸다는 붉은 표시가 깜빡거렸다.

ㄴㄴ 오, 나도 민속학 전공이라 반갑네. 거기 고택골 자리였던 곳 탐방도 갔었어. 그러고 보니 그때, 그 근처 무당한

테서 그런 말 들은 적 있어. 거기 엄청 유명한 무당이 산대. 국회의원들도 다 몰래 찾아가는 무당. 개씨 성을 가진 여자라던데. 그 무당이, 일반인에게는 절대 공개되지 않는 특별한 책을 가지고 있다는 거야. 그런데 그 무당이 기운이 센 이유가…….

└└, 이유가 뭔데?

└└, 뭐야. 왜 말을 하다가 말아? 어디 갔어?

└└, 뜸 그만 들여. 게시물 새로 작성할 기세네.

└└, 오랜만에 생각나서 들어왔는데 이 사람 계속 잠수야? 뭐야. 귀신한테 잡혀가기라도 한 거 아냐?

New!!└└, 얘들아, 혹시라도 이거 확인하면 절대, 쓸데없는 관심 가지지 마. 자세히 말해줄 순 없지만 제발 그러지 마. 내가 할 수 있는 말은 이것뿐이야. 내가 저 댓글 쓰다가……. 안 돼. 또 온다. 오지 마. 오지 마. 내 눈에 보이지 마. 왜 그러는 거야. 말하지 않을 거라고! 그저 주의를 주려했을 뿐이야. 사라져. 사라지라고!

댓글을 읽고 새로고침을 하자 글은 사라져 있었다. 댓글만이 아니라, 페이지가 통째로 사라져 몇 번을 새로고침 해도 'NOT FOUND'라는 메시지만 떴다. 어쩌면 댓글을 쓴 사람은, 나와는 다른 버뮤다로 끌려 들어간 게 아닐까.

버뮤다 삼각지대에 대해 생각한다. 1945년 실종되었던 이들은 그때 갓 성인이었다 해도 살아 있다면 백 살 가까운 나이가 되었을 거다. 그들을 기다리던 이들은 어떻게 되었을까. 지금도 기다릴까? 아니면 실종된 이들을 잊고 살아가고 있을까? 언젠가 사라진 이가 갑자기 현관문을 열고 들어와 "다녀왔어."라고 인사하는 날을 꿈꿀까? 그 꿈을 꾸는 게 행복할까, 아니면 그 꿈조차 잊어버려야 행복할까?

조용히 창을 닫았다.

10

　가로수의 이파리가 노랗게 물들 무렵, 박태석이 상견 례를 제안했다. 내 앞에는 핏기 가득한 스테이크가 놓여 있었다. 몇 번이고 먹었지만 도통 익숙해지지 않는 날것 의 맛이다. 소스마저 피처럼 보이게 만드는 그 맛이 싫었 다. 레어로 익힌 스테이크를 먹은 날이면 반드시 악몽을, 그 꿈을 꿨기에 더욱 그랬다. 누군가 엄마를 죽이는 꿈. 꿈속에서 나는 잊고 있던 어릴 적의 기억을 자꾸 떠올렸 는데 그게 꿈인지 현실인지 분간할 수가 없어서 깨고 난 후에도 한참이나 꿈에서 벗어날 수가 없었다. 그러다 보 면 엄마의 얼굴에서 어른어른 변해가던 진월의 얼굴이 떠올랐고 충동적으로 침대 아래 넣어둔 상자를 꺼낼까 망설이게 되었다. 시간 이동을 할 때 입었던 옷과 가방, 김동진에게 건네받은 진월의 물건을 한꺼번에 넣어둔 상자다. 정리해야지 하면서도 좀처럼 버리지 못하고 있는 미련에 언젠가는 손을 뻗게 되는 게 아닐까 싶어, 악몽을 더욱 피하고 싶었다.

"상견례라고 해서 거창한 거 아니야. 본격적인 결혼 준비 전에 가족끼리 밥 한번 먹자는 거니깐 부담 가지지 않아도 돼."

그럼에도 데이트 때마다 핏덩어리를 먹는 건 박태석이 내게 묻지도 않고 주문을 해버리기 때문이다. 스테이크는 역시 레어지. 미디엄이니 웰던이니, 고기 먹을 줄 모르는 사람들이나 주문하는 거잖아. 박태석은 처음 함께 스테이크를 먹던 날 그렇게 말하며 내게 윙크했다. 박태석의 손에 들린 메뉴판은 내게 한 번도 전달되지 않았다. 내가 다른 무언가를 주문할 리 없다고 믿는 태도였다. 나는 한 번도 그런 박태석에게 메뉴판을 건네 달라고 하지 못했다.

"그게, 가족이."

나이프가 자꾸 고깃덩어리 표면에서 미끄러졌다. 이놈의 레어 스테이크는 잘 잘리지도 않는다.

"괜찮아. 내가 미리 이야기했어. 아버지 혼자 오셔도 돼."

접시 위에 깔끔하게 잘린 스테이크 한 조각이 옮겨왔다. 박태석의 나이프에서 떨어진 호의는 일방적이었다. 그는 언제나 내게 무얼 원하냐고 묻지 않았다. 자기가 가진 걸 내게 나누어 주는 게 당연히 친절이라 여기는 그 오만함을, 나는 웃으며 씹어 삼켜야만 했다.

그러니깐, 그 아버지가 오는 게 싫은 거라고.

그 말 역시 씹어 삼켰다. 그런 건 '처연한 이진양'에게 어울리지 않는 대사다. 박태석이 사랑하는 나는 복잡한 가정사에도 불구하고 상냥한 현대판 캔디였다. 그런 일이 있었는데도. 진양 씨가 솔직하게 의지하는 사람은 나뿐이니까. 나만 믿어. 나를 향한 박태석의 입버릇은 속박이 되었다. 그래서 아버지가 재혼을 이유로 내게 돈을 요구한다는 사실이나, 그 연락을 애써 피하고 있다는 걸 도저히 털어놓을 수가 없었다.

박태석이 모르는 건 연인의 본성만이 아니다. 그는 자

기 어머니의 본심도, 그녀가 내게 이미 몇 번이고 연락했다는 사실도 모른다. 그러니 상견례에 부담 가지지 말란 말을 저리 쉽게 하는 거다. "고작 두어 달 연애하고 결혼이라니. 말이 되나요." 그의 어머니는 매우 우아하게 삼류 드라마의 시어머니 같은 대사를 내뱉는 재능의 소유자였다.

"참, 그리고 어머니가 상견례 전에 너랑 둘이 한번 만나고 싶대."

"태석 씨 어머니가?"

"응. 같이 쇼핑하고 싶대. 어머니가 늘 딸 같은 며느리를 원하셨거든. 갖고 싶은 건 뭐든 다 사 달라고 해."

여름에서 가을로 계절이 바뀌는 동안, 나는 출근을 할 때에도 지하철이 아닌 버스를 이용하기 시작했다. 정리하지 못하고 있던 진월의 이불을 옷장 깊숙이 집어넣었고 정리용 박스도 주문했다. 밤에 침대 아래 상자를 끄집어내고 싶어질 때면 박태석에게 전화를 걸었다. 아무리 늦은 시간이라도, 자다가 깬 목소리로 전화를 받아주는 박태석의 애정 덕분에 충동을 억누를 수 있었다. 괜찮다. 이런 사람이라면 분명 진월의 대체품이 되어줄 것이다. 그럼 나는 누구나 부러워할 연인과 절대적인 애정을 주는 존재를 모두 손에 넣을 수 있다.

그러니 결심이 흩어지지 않게 잘 공글려야 한다.

"태석 씨 어머니는 참 상냥하시네요."

박태석이 잘라준 스테이크 조각을 입에 넣고 아주 맛있는 척 씹었다.

*

점집에서는 아스팔트에 나뒹구는 썩은 은행 냄새가 났다. 오래된 나무와 흙이 뒤섞인, 퀴퀴하면서도 어딘가 달콤한 냄새다. 나는 박태석의 어머니, 신 여사와 나란히 앉아 호명되기를 기다렸다. 상담실장이란 여자가 건네준 찻잔이 손 안에서 자꾸만 헛돌았다.

"갑자기 점집이라니 어이없어, 그런 표정이구나."

신 여사가 드디어 입을 열었다. 신 여사는 토요일 오전 열 시에 전화를 걸어와 다짜고짜 약속 장소를 통보한 후 점집에 오기까지 한마디도 하지 않고 있던 터였다. 차에 타라는 지시조차 손만 까닥여 해결했다. 운전대를 잡은 신 여사의 옆모습은 박태석과 놀라울 정도로 닮아서, 그

침묵이 더욱 불편했다.

"아뇨. 저⋯⋯."

"미리 일러두는데 궁합 본다고 태석이와의 사이를 인정하는 게 아니야. 난 태석이가 새로운 사람 만날 때마다 꼭 궁합을 보러 와. 태석이가 참, 내 아들이지만 착해빠져서는 맨날 가여운 것들만 주워 와. 어릴 적에 길에서 강아지며 고양이를 그렇게 주워 오더니 커서는 여자를 주워 올 줄 설마 몰랐지. 몸이 약해서 하고 싶은 거 다 하게 하면서 길렀더니 철이 덜 들어서 그런가. 그래도 이젠 자기 아빠가 어렵게 구해 온 보좌관 자리 안 하겠다는 소리는 안 하니 다행이라고 해야 하나."

드라마의 여주인공이라면 자리를 박차고 일어나거나 눈물을 글썽거리면서 멋진 대사를 할 타이밍이었다. 하지만 나는 그저 차만 마셨다. 한 손에 뿌듯하게 쥐여진 애정은 예쁘게 칠해졌으나 속은 텅 빈 장식용 달걀을 닮아서, 조금이라도 힘 조절을 잘못하면 바스러질 터이다.

"아가씨 주제에 이 보살님 한번 만날 수 있단 걸 영광으로 알아. 국회의원이며 재벌 총수들과 반년 전에 예약해야 간신히 얼굴 뵐 수 있는 분이야. 예능이니 유튜브니 그딴 거에 의존해서 사람 끌어모으는 어중이떠중이들하고는 달라. 대대로 여기 은평구 휘어잡은 세습무야. 무당은 세습무가 최고지. 자기들 멋대로 신 받았다고 우기는 강신무는 믿을 수가 없어, 그런 것들은.”

뺨에 와 닿은 신 여사의 시선이 따끔했다. 신 여사의 눈동자에 비친 나는 바퀴벌레나 쥐, 그 정도가 아닐까. 눈을 마주쳤다가는 신 여사의 저주에 걸려 진짜 바퀴벌레가 될 것만 같아 눈을 내리깔고 찻잔을 보는 척했다. 강신무며 세습무를 떠드는 신 여사에겐 그런 공포를 느끼게 할 정도의 귀기가 뿜어져 나왔다.

“돈만 보고 덤비는, 그런 천한 종자들은 안 돼. 피가 중요하지, 피가.”

상담실장이 나와 신 여사의 이름을 불렀다. 신 여사는 냉큼 상담실장의 뒤를 따라갔고, 나는 차를 다 마시고서야 자리에서 일어났다. 은행 비슷한 냄새도, 삐걱거리는 나무 바닥도, 어디선가 들리는 방울 소리도 싫었다. 산 아래도 아닌데 이상하게 계속 한기가 느껴져서 어깨를 움츠리게 되는 게 특히 싫었다. 목덜미를 문지르며 복도 안쪽, 신방으로 향했다. 신방에 가까워질수록 한기가 심해졌다. 빼꼼히 열린 신방 문 안쪽에서 한기가 새어 나와 내 몸을 휘감을 듯했다. 신방 문에는 둥글게 이어진 커다란 나무 여러 그루 안에 무언가 놓여 있는 조각이 새겨져 있었다. 나는 급히 휴대전화를 꺼내 무속인에게 전송받았던 명함을 봤다. 명함에 그려진 그림과, 문에 새겨진 조각이 똑같았다.

설마 이 사람일까. 내가 영원히 반복될 버뮤다 안으로 뛰어들게 된 그날, 지하철에서 마주쳤던 그 여자일까. 심장이 요동쳤다. 조각을 좀 더 유심히 들여다봤다. 커다란 사각형 위에 원, 그 양옆으로 삼각형이 하나씩 있고, 아래쪽에 길쭉한 사각형 두 개가 나란히 있는 모양. 도형을 이어 붙이면 화장실 표지판 등에 쓰이는 사람 모양의 픽토그램이 되지 싶었다. 그러나 문에 새겨진 조각은 그 픽토그램의 사지가 절단된 형태였다.

"뭐 해? 빨리 들어와."

신 여사가 문틈으로 얼굴을 내밀고 재촉했다. 신방 안으로 들어가자 썩은 은행 냄새가 후각을 마비시킬 정도로 강해졌다. 콧등을 찌푸린 내게, 신 여사가 방문을 닫으라는 손짓을 했다. 방문을 닫고 신 여사의 옆에 앉았다.

신 여사는 냄새가 아무렇지 않은지 탁자 건너편에 앉은 보살을 향해 연신 웃었다. 나는 고개를 숙이고 손으로 코를 꽉 움켜쥐었다가 놨다. 코끝이 얼얼해지면 냄새를 좀 덜 느낄 수 있지 않을까 싶어 몇 번이고 반복했다.

"우리 태석이가 참 속은 안 썩이는데, 이렇게 보살님 찾아뵐 일을 한 번씩 만드네요. 어휴, 그렇다고 큰일은 아니고요. 여기 아가씨가 흉살 가지고 있나 없나 좀 봐주세요."

"잘 왔네."

"그렇죠? 보살님 보시기에도 궁합 볼 필요도 없이 기가 안 좋죠?"

"너, 모친이 개씨지?"

"예? 보살님, 제 친정어머니는 김씨 성이세요. 아시면서. 저희 어머니도 단골이잖아요."

코에서 손을 떼고 고개를 들었다. 건너편 보살을 보자마자 든 생각은 역시나, 였다. 계절이 바뀌었을 뿐인데 아득히 먼 과거의 잔상 같은 첫 시간 이동의 날, 지하철에서 마주쳤던 한복 입은 여자였다. 그 특이한 옷차림과 나를 쏘아보던 눈빛을 어떻게 잊을까. 그렇게 찾을 때에는 만나지 못했는데 진월을 가슴에 묻으려 애쓰는 중에 만나게 되다니 무슨 운명의 장난인가 싶었다. 그러나 그런 아쉬움보다, 보살이 엄마의 성씨를 알고 있다는 놀라움이 더 컸다.

"그쪽이 그걸 어떻게 알아요?"

넘겨짚었다기에 개씨는 맞힐 확률이 너무 낮은 희귀 성씨였다. 신 여사가 팔꿈치로 내 옆구리를 찔렀다.

"그쪽이라니. 너 감히 보살님에게."

"시끄럽다."

보살의 일갈이 카랑카랑 울렸다.

"거기 사모님은 나가. 나 애랑 단둘이 좀 봐야 쓰겠어."

"예? 아니, 궁합 보러 온 건 전데요."

"나가라면 나가! 어딜 대들어?"

보살이 호통을 치자 신 여사는 무어라 입속으로 꿍얼거리면서도 일어나 방을 나갔다. 보살은 가볍게 혀를 차더니 탁자 위로 몸을 쭉 빼고 내 쪽을 살폈다.

"어따 놓고 왔어?"

한참을 살피던 보살이 날카로운 어조로 캐물었다.

"뭘요?"

"인형! 내가 그날 지하철에서 너 놓치고 얼마나 후회했는지 알아? 내놔. 그 흉한 거, 네 깜냥으로 못 다스린다."

보살과 지하철에서 마주쳤을 때 가지고 있던 인형이라면 가방에 달고 다니는 삼각김밥 인형이다. 그때도 보살은 그 인형을 낚아채려 했었다. 인형이 뭐 어쨌다고 저러는 걸까. 나는 앉은 채 몸을 뒤로 빼, 이마에 핏대를 세우며 재차 인형을 내놓으라고 윽박지르는 보살과의 거리를 벌렸다.

"없어요."

"뭐가 없어. 기운이 선명하게 느껴지는데!"

언성을 높인 보살의 말끝이 갈라졌다. 보살은 헛기침을 몇 번 하더니 탁자 옆에 둔 쟁반을 끌어당겼다. 쟁반 위 주전자를 들어 차를 따르던 보살이 힐끔 나를 보더니, 차 한 잔을 더 따라서는 내게 내밀었다.

"그래. 떨어져나간 가지가 무얼 알겠나. 따지고 보면 내가 쓸데없이 오지랖을 부린 게 잘못인 거지. 마셔라. 마시면서 들어. 너 무악재 갑부 이야기라고 아냐?"

보살의 음성이 어린아이를 달래듯 나직해졌다.

"옛날에, 일제 강점기 때 말이다. 저 신사동에 이씨 성을 가진 부자가 살았어. 원래는 똥구멍 찢어지게 가난하던 이였지. 지금 광화문 동아일보 있지? 그 뒤쪽에서 조그만 도장 가게 하면서 살았다. 솜씨도 별로고 요령도 별로라 이것저것 다 했지만 돈을 많이 못 벌었지. 그런데 웬걸. 어느 날부터인가 이 씨 가게 앞에 긴 줄이 생긴 거다. 손님이 끊이지를 않아. 조선 총독부가 토지측량령을 내려서, 땅문서에 찍을 도장이 필요한 이가 많아졌다고 이 씨는 싱글벙글 웃었지. 그렇지만 주변에서 보기엔 영 석연치가 않았단 말이지. 도장 가게가 저기 한 곳도 아닌데 어찌 저기만 손님이 몰릴까 의아한 거야.”

짙은 화장을 가면처럼 쓴 보살은 무척 젊게도, 무척 나이 든 노파처럼도 보였다. 이전에 조사를 해서 알고 있던 민담인데도, 무당의 목소리를 통해 재생되니 완전히 다른 이야기로 다가왔다. 높낮이가 사라진 억양은 작은 방안을 일순 과거의 골목으로 변모시켰다. 나는 도장 가게 앞에 선 손님이었다가, 도장을 파며 줄 선 손님을 보고 있는 이 씨가 되었다. 앞에 앉은 손님이 무어 캐낼 것 없나 의뭉스럽게 비결이 있느냐고 물었다.

얼마 전에 돌아가신 아버지가 은덕을 내려주셨나 봅

니다.

이 씨는 아버지가 돌아가시고 기이한 경험을 했노라 털어놓는다. 관을 살 돈조차 없이 궁핍해서, 아버지가 좋아하던 이불로 시신을 둘둘 말아 무악재 고개를 넘었다고. 고개를 넘으면 돈 없는 이들이 무언의 합의로 공동묘지처럼 사용하던 동굴이 있었다. 묘비나 봉분도 없어 어디에 얼마나 많은 시신이 묻혔는지 알지 못하는 곳. 빈한한 자들은 가족 중 누군가 죽으면 그곳에 시신을 묻고 쓸쓸히 돌아섰다. 때로는 어디서 왔는지, 어떻게 죽었는지 알 수 없는 행려병자의 시신도 뒤섞였다. 이 씨는 무악재 고개 중간에 잠시 앉아, 아버지의 시신을 부여잡고 울었다. 아이고, 아버지. 아들이 돈이 없어 이런 불효를 저지릅니다. 그런 이 씨의 앞에 노인 한 명이 홀연히 나타났다. 노인은 이 씨에게 시신을 이곳에 묻으라고, 그럼 좋은 일이 있을 거라 이르곤 사라졌다. 이 씨는 "무슨 뜻이오. 그게." 라고 외치며 잠에서 깼다. 꿈이었다. 아버지의 시신은 이불에 싸인 채 방에 있었다. 묻으러 가기 전에 깜빡 잠이 든 거였다. 그 꿈이 하도 심상치 않아, 이 씨는 꿈속 노인이 나타났던 무악재 고개에 아버지를 묻었다.

조상신이 돕는다는데 딴지를 걸 사람은 없었다. 적어도 면전에서는 그랬다. 사람들은 이 씨 앞에서는 허허거리며 웃고 뒤로는 소문을 퍼뜨렸다.

"이 씨가 아버지를 인신 공양했단 거였지."

방 안을 떠돌던 한기가 보살의 입안에 가두어졌다가 내 귀에 쏟아졌다. 나는 정신이 번쩍 들어 이야기 속에서 빠져나왔다.

"인신 공양이요? 산 사람 바치고 기도하는, 그거요?"

"그래, 그거."

"뭐 그런 허무맹랑한……. 이 씨를 질투해서 음해하고 싶은 거라면 좀 더 그럴싸한 소문을 퍼뜨려야 하는 거 아닌가요? 조선 총독부와 결탁했다거나, 나라를 팔아먹었다거나."

맥이 확 풀려 찻잔을 들어 홀짝였다. 그러자 보살은 탁자 아래에서 얇은 책 한 권을 꺼내 내게 던졌다.

"가져가서 읽어봐라."

보살이 던진 책을 집어 휘리릭 넘기자 먼지가 풀썩 일어났다. 한자가 뒤섞인 글이 세로쓰기로 적힌 게, 한눈에 봐도 오래된 책이었다. 책을 다시 보살 쪽으로 밀었다.

“한자 잘 못 읽어요.”

“틈이 있어, 거기에.”

보살이 손가락으로 허공에 둥근 원을 그려 보였다.

“아주 오래전에 생긴 틈을 개씨 성을 가진 여자들이 막아왔지. 인왕산의 기운을 빌리려고 신수를 심어 보살폈어. 주인인 인왕산의 기운을 백련산의 원활한 능선이 받치어, 무악재에 깃든 험한 기운을 다스렸던 것이야. 개씨 성 여자들은 대대로 나무를 보살피며 틈이 벌어지지 않게 했지. 그러다가 몇몇이 마을 사람들 고민 들어주고 굿도 해주면서 세습무가 된 거야.”

“엄마는 친척이 없다고 했는데요.”

“대한민국 역사가 좀 파란만장했냐. 조선 후기에 한번 크게 탄압받아 무녀촌 다 해체되고, 그 후에는 일본 놈들이 토속 신앙 없애야 조선을 휘어잡는다고 마을 장승까지 다 부수고 다녔으니 그렇지. 그때 전국으로 뿔뿔이 흩어져서 점점 줄어들었지. 나도 양녀야. 피만 놓고 보면 네 엄마가 오히려 이 자리에 앉아 있어야 했던 건지도 모르지.”

엄마가 세습무가 될 수도 있었다니, 믿기 힘든 이야기였다. 나는 연거푸 차만 들이켰다. 쓰디쓴 맛에 혀가 아렸다.

"그래도 기운이 뭉치지 않았을 때는 틈새가 벌어지는 걸 막을 수 있었지. 문제는 그 나무가 베이고, 지하철이 들어서면서 시작되었다."

"지하철이요?"

"그래. 험한 기운이 빠져나가 땅 아래로 숨었다. 그것도 양방향으로 순환되었다면 중화되었을 텐데, 한 방향으로만 돌지 않느냐. 그러니 틈이 벌어질 수밖에. 그거 정화하려고 내가 매해 봄마다 신옷 갖추어 입고 그 역에서 타는 거다."

"그 역……. 응암역 말하는 건가요? 틈이 뭔데요? 그게 벌어지면 큰일이라도 나요?"

찻잔을 내려놓고 마주한 보살의 동공은 새까맸다. 조금의 빛도 반사하지 않는 눈은 터널을 연상시켰다. 내가 몇 번이고 뛰어들었던, 반복된 좌절의 세계. 돌아가기를 포기한 희망. 방금까지 차를 마셨는데도 목이 말랐다.

"넌 이미 알지 않느냐."

차 한 잔만 더 주면 좋겠다고 생각했다. 보살의 옆에 놓인 주전자만 보려 했다. 두서없는 이야기의 끝이 송곳처

럼 뾰족하게 향하는 곳이 어디인지 예감할 수 있어서 듣
고 싶지 않았다.

"뭐……. 그 틈이 벌어지면 지진이 일어난다거나, 나라
에 우환이라도 찾아와요?"

목이 타는 걸 들키지 않으려고 일부러 빈정거렸다. 탕.
보살이 탁자를 손바닥으로 내리쳤다.

"어허. 계속 모른 척하면 나도 널 도울 수가 없어!"

"도움이 필요한 일 따윈 없어요."

"잔말 말고 내놓아라, 인형."

보살의 목소리에 다시 날이 섰다.

"없다니까요. 안 가지고 왔어요. 그리고 뭐, 맡겨놨어
요? 왜 자꾸 그걸 달래요? 그거 나한테 소중한 거예요. 내
부적이라고요."

"알아. 만났을 때 들었어."

"……엄마를 만났다고요?"

"아니, 네 동생."

바짝 마른 목구멍으로 비명이 치솟아 올랐다. 손에 잡힌
대로 던진 책과 찻잔이 보살 뒤에 놓인 병풍에 맞고 떨어
졌다. 보살은 미동도 하지 않고 눈을 부릅뜨고 나를 응시

할 뿐이었다. 마구 휘두르던 팔이 제풀에 지쳐 떨어졌다.

"믿기 힘들면 가서 인형 열어보아라. 그러면 안 됐는데, 피에 이끌려서 가르쳐준 거였다. 일회성이니 한 번 열리고 닫혀야 했는데, 어찌 그게 계속 열려 있을까."

"무슨 말인지 통 모르겠어요. 하지만 만약, 진짜 그쪽이 내 동생을 만났다면 알려주세요."

보살은 분명 내가 시간 이동을 한 걸 안다. 어쩌면 내가 그쪽에서 저지른 죄까지 알고 있는 건 아닐까. 그러나 더 이상 모른 척할 수 없었다. 더 이상 시도해도 소용없다고 여겨 침대 아래 처박아버린 희망이 꿈틀거렸다.

"동생을 구할 방법이 없나요."

"축복과 저주는 한 끗 차이다."

보살이 한숨을 쉬었다. 나는 처음으로 보살을 똑바로 마주 보았다. 터널같이 까맣기만 한 홍채 안으로 기꺼이 걸어 들어갔다. 깊이, 더 깊이. 보살이 손을 뻗어 내 눈을 가렸다.

"너를 보호하려 내뱉은 네 어미의 말이 누름돌이 되어버렸듯이 말이다. 인형을 열면 누름돌도 사라질 게다. 그게 너에게 좋은 일이라 단언할 수 없어."

"나는 어떻게 되든 상관없어요."

보살의 손바닥에서는 나무 냄새가 났다. 잘 익은 은행을 몇 번이고 땅에 떨어뜨리며 나이테를 쌓아 올린 오래되고 지친 나무의 냄새였다. 어쩐지 그 냄새가 아주 낯설게 느껴지지 않았다. 손바닥과 눈 사이의 틈새에서 자꾸 무언가가 어른거렸다. 꿈속에서 떠올린, 꿈인지 현실인지 혼란스럽던 기억의 장면들이었다. 부침개를 부치는 엄마의 뒷모습, 내게 옷을 입히며 팔을 들어보라고 간지럼을 태우던 엄마의 손, 놀이터에서 비눗방울을 부는 엄마의 부푼 뺨, 팔다리도 가누지 못하는 아기인 진월이 누운 침대와 그 앞에 앉아 이리 오라던 손짓. 엄마는 진월이 태어난 날 나를 끌어안고 옛날이야기를 들려주었다.

그랬다. 기억났다. 나와 진월이 주인공인 '해님 달님'의 이야기. 그건 엄마가 내게 반복해서 들려주었던 이야기였다.

"동생을 다시 내 옆에 데려올 수 있다면 뭐든 좋아요."

"……피로 이어졌으니 같은 피여야만 해."

손바닥이 멀어지고 방 안의 풍경이 돌아왔다.

"피요?"

“하나를 살리려면 하나를 바쳐야지. 저쪽의 것을 살리려면 이쪽의 것을 바쳐야 하고. 그게 마땅한 이 세상의 법칙이야. 그러나 너를 바칠 생각은 하지 않는 게 좋을 거다. 너는 이미 열린 문을 비집고 들어갔으니 법칙 밖의 존재야.”

“혈육이면…….”

“그만 물어라. 깜냥에 맞지 않는 일 벌이지 말고 가져와.”

보살의 말뜻은 금세 이해했다. 이해했기에 좌절했다. 벌이려 해도 같은 피를 가진 사람이 없어요. 그렇게 쏘아붙이고 싶었다. 엄마와 동생까지 혈육이 모두 세상을 떠나서 바치고 싶어도 바칠 제물이 없다고. 나는 잠자코 몸을 일으켰다.

“가지고 와, 꼭!”

닫힌 방문 너머에서 보살의 외침이 따라붙었다. 점집을 나와 집으로 향하는 내내, 손바닥 안에 어른거리던 어둠 속 잔상이 눈앞에 너울거렸다. 맥주를 세 캔이나 마시고 온 집의 불을 다 밝힌 채 잠자리에 든 후에도 잔상은 좀처럼 지워지지 않고 오히려 부피를 늘려 나를 짓눌렀다. 나는 이불을 뒤집어쓰고 누워 박태석에게 전화를 걸었다. 여보세요. 계속 착각할 수 있게 해줄, 시답잖은 사랑의 말이 쏟아지기를 기다렸다.

―어, 나 지금 친구 고민 상담 해주고 있어. 내일 통화하자.

전화는 일방적으로 끊겼다. 나는 이불 안에서 기어 나와 침대 아래 넣어둔 상자를 꺼냈다. 가방에 달린 인형을 떼어내 손에 쥐고 바닥에 가로누웠다. 다시 침대에 올라갈 기력이 나질 않았다.

"알아. 박태석이 사랑하는 건 내가 아닌, 내 불행이지."

어릴 적 인형 놀이를 하듯이 삼각김밥 인형에게 말을 걸었다.

"그래도 모른 척하고 싶었어. 완벽하다고 믿으면 언젠가 진짜 완벽해질 거라고 자기 최면을 걸었지. 그럴 수밖에 없잖아. 이젠 내게 남은 건……."

인형을 쓰다듬자 졸음이 쏟아졌다. 잠든 듯 깬 듯 꿈을 꿨다. 몇 번이고 반복해서 꾼 악몽. 그러나 이번에는 달랐다. 늘 어슴푸레하던 범인의 얼굴이 처음으로 또렷해졌다.

왜 잊고 있었을까.

따끔한 아픔에 잠이 깼다. 인형 안에서 삐져나온 뾰족한 무언가가 손가락을 찔러 피가 배어 나왔다. 다시 인형을 이리저리 더듬다가 핏자국이 말라붙은 듯 변색한 부분에 무언가 있음을 알았다. 꿰맨 실과 실 사이로 손톱을 밀어 넣어 틈을 벌리고, 손가락 끝으로 안을 헤집었다. 손끝에 낚여 올라온 건 바늘에 묶인 종이쪽지였다.

쪽지를 폈다.

이진양. 쪽지에는 내 이름이 적혀 있었다.

메모 11

　의금부(義禁府)에서 한성부윤(漢城府尹)의 계본(啓本)에 의거하여 아뢰기를,

　"한양(漢陽) 장동(壯洞)에 요사스러운 소문이 돌기를 인왕산(仁王山) 무악(毋岳) 고개에 하늘에서 빛나는 둥근 물건이 내려앉았다. 그 안에서 팔다리가 길쭉하고 몸에 털이 숭숭한 생물체가 나와 민가로 내려왔기에 사람들이 겁에 질려 그 생명체를 생포해 고개에 파묻었다. 그 후 영문 모를 전염병이 돌아 마을이 혼란스러워져 사람들이 인왕산 선바위에 가 빌었다. 다음 날 저녁 선바위 근처에 빛나는 둥근 물건 여러 채가 내려와 생매장당한 동료를 위로하기 위해

사람 한 명을 똑같이 생매장하라 일렀다. 개씨 성을 가진 여자가 꾀를 내어 나뭇가지로 인형을 만들어 땅에 묻자 둥근 물건이 다시 하늘로 떠올라 사라지고 전염병이 나았다. 사람들은 개씨 성 가진 여자를 무녀로 모셔 마을의 대소사를 상의하였다.”

이후 해마다 나무 인형을 하나씩 땅에 파묻는 의식을 거행하며 인형 제작에 쓰인 나무를 신성시하였다. 그러나 그 후 의식이 변형되어 나무뿐만 아니라 개씨 성 여인을 신성시하는 사람들이 생겨났으며 인형이 아닌 산 사람을 생매장하면 소원이 이루어진다는 혹세무민(惑世誣民)의 집단으로 변질하였다. 인왕산은 특히나 왕실을 우측에서 보좌하는 내사산(內四山)의 한 곳이기에 주의하여 살필 필요가 있다.

개씨 성 가진 여자. 그 피를 이은 여자들.

그들 중 누군가는 귀신을 부렸고 누군가는 귀신에게 부려졌으며 누군가는 귀신에게 먹혔다.

그리고 누군가는.

아아, 그래.

귀신이 될 수도 있는 것 아닌가.

11

상견례는 지극히 지루하고 평범하게 흘러갔다. 서 여사가 예약한 한정식 집은 상견례로 유명한 곳답게 코스 음식을 내오는 타이밍이 절묘했다. 식탁 한가운데에 놓인 커다란 전골냄비가 다섯 명과 두 명, 한쪽으로 치우친 수의 균형을 맞추어주기도 했다. 박태석은 양친과 형 두 명을 양쪽에 끼고 앉아 곰살맞게 굴이며 물수건을 챙겼다. 아버지는 내 요구대로 묵묵히 젓가락만 움직였다. 상견례를 마치고 결혼 준비에 들어가면 전세를 빼게 될 테니 그 돈을 주는 대신 상견례에 나와 가만히 앉아만 있으라는 게 내 요구였다. 아버지는 건방지다고 화를 냈지만 결국 약속 장소에 나왔다. 상견례가 시작된 후에도 기분 나쁜 티를 팍팍 뿜어내긴 했지만 그럭저럭, 분위기를 해치진 않을 정도였다.

식사 중에 매니저가 술을 권하지 않았다면 그대로 아무 일 없이 끝났을 거다. 지역 특산주라는 도수 높은 술을 아버지는 연거푸 들이켰다. 아버지의 숨소리가 조금씩 거칠어지나 싶더니 손에 쥐고 있던 젓가락이 떨어지며 쨍그랑, 요란한 소리를 냈다.

"왜 네가 아니냐."

아버지가 불콰하게 달아오른 얼굴을 내 쪽으로 돌렸다. 술에 취했다고 여겨지지 않을 정도로 발음이 또렷했다.

"왜 네가 아니라 진월이였냐."

두 번째 듣는 말이었다. 처음 들었던 건 진월의 장례식장이었다. 아버지는 삼 일째가 되어서야 술에 취해 나타나 왜 네가 아니냐고 소리쳤다.

아버지는 다시 입을 다물었고 서 여사는 노골적으로 혀를 차며 술병을 식탁 아래로 내려놓았다. 나는 가방에서 챙겨온 약을 꺼내 아버지에게 건넸다.

"술 깨는 약이에요."

아버지는 잠자코 약을 받아 마셨다. 그러곤 식탁에 이마를 박고 코를 골기 시작했다.

"이번 만남은 이만 파하기로 할까요."

못마땅한 한숨 섞인 종료 선언이었다. 박태석의 가족들이 먼저 방을 나섰고 나는 아버지를 부축해 뒤따랐다.

"데려다줄게."

박태석이 걸음을 늦춰 내 옆에 와 섰다. 나는 괜찮다고 고개를 가로저었다. 슬쩍 본 가게 벽의 시계가 오후 세 시를 가리키고 있었다. 시간은 충분하지만 해야 할 일도 많으니 서둘러야 한다.

"아까 속상했지? 아버님도 진심은 아니었을 거야."

"괜찮아요. 아버지가 동생을 예뻐했거든요."

"진양아, 넌 정말 착하구나."

박태석이 내 머리를 쓰다듬었고, 나는 앱으로 택시를 호출했다. 서 여사가 식당 밖에서 빨리 나오라고 박태석을 불렀다. 박태석은 머뭇거리며 쉬이 발을 떼지 못했다. 그러나 서 여사의 거듭된 재촉에, 박태석은 결국 내게서 몸을 돌렸다. 내 옆을 떠나기 직전, 박태석이 손끝으로 내 가방을 가리켰다.

“그거, 한동안 안 달고 다니더니 도로 달았네.”

나는 메고 있던 가방을 슬쩍 돌려 몸 뒤로 감췄다. 가방에 달린 삼각김밥 인형이 흔들리며 몸에 부딪혔다.

“중요한 날이니까요.”

박태석이 밖으로 나가고 식당 매니저가 내게로 다가와 염려스러운 듯 말을 건넸다.

“괜찮으십니까? 준비해 달라고 하신 술이었는데, 혹시 도수가 맞지 않았나요?”

“아닙니다.”

나는 매니저에게 미소 지었다.

“아버지가 아주 좋아하는 술이라 과음하셨을 뿐인걸요.”

바늘에 찔린 심장을 고치러 가야 한다.

＊

주말의 지하철 승강장은 붐볐다. 분주하게 지하철을 타고 내리는 사람 중 아무도 구석에 놓인 벤치에 누가 앉아 있는지 신경 쓰지 않았다.

"아버지, 이제 곧 일곱 시예요."

아버지의 몸이 넘어질 듯 옆으로 기울어서 팔을 붙잡아 끌어당겼다. 아버지가 무어라 웅얼거리기에 가방에서 약을 꺼냈다.

"이거 비싼 거예요. 그러니깐 흘리지 말고 마셔요."

아버지의 입에 약병을 대고 뒤통수를 붙잡아 고개를 뒤로 젖혔다. 아버지의 목울대가 크게 움직였다. 입가에 흐른 투명한 액체를 손가락으로 닦았다. 요 며칠간 알게 된 건 처방전이 없어도 온갖 약을 살 수 있다는 거다. 비록 매우 비싼 값을 치러야 하지만 말이다. 손가락을 아버지의 셔츠 끝에 문질렀다. 티셔츠에 그려진 클로버 로고가 주름지면서 인상을 썼다. 내가 가지고 있던 M 사이즈 티셔츠가 아버지에게 딱 맞았다. 아버지가 왜소한 체격이라 다행이었다. 그렇지 않았다면 나 혼자 휠체어에 아버지를 태우기도 힘들었을 거다. 나는 벤치 옆에 세워둔 휠체어를 가볍게 손으로 밀었다. 미리 휠체어를 예약해 둔 덕분에 아버지를 승강장까지 그나마 쉽게 데려올 수 있었다. 마음 같아서는 계속 아버지를 휠체어에 태운 채 이동하고 싶었다. 하지만 여기서 변수를 더 늘릴 수는 없기에 포기했다.

"아버지, 옛날이야기를 해 드릴게요. 아주 옛날에, 우주인을 생매장한 사람들 이야기예요."

나는 보살이 주었던 책 속 이야기를 되뇌었다. 보살이 했던 말이 무슨 의미인지 조금이라도 더 정확히 유추하고 싶어서 한자 사전을 뒤져가며 열심히 읽었다. 선바위에 내려왔다던 빛나던 둥근 물체가 우주선일지, 아니면 시간 이동으로 미래에서 과거 조선으로 갔던 헬리콥터 같은 것일지 나로서는 알 도리가 없다. 털이 숭숭한 생명체는 외계인이었을 수도 있고, 털옷을 입은 미래인이었을 수도 있다. 그러나 나는 그 생명체를 우주인이라 여기기로 했다. 찾아온 이방인을 생매장한 마을 사람들도, 제물로 사람을 한 명씩 바치라고 한 이방인들도 서로를 완전히 다른 존재라 믿었기에 그럴 수 있었던 게 아닐까.

나와는 다른 존재. 내게는 누구보다 아버지가 그런 존재다.

"우연히 만난 보살이 알려준 이야기예요. 웃기죠? 외계인 파묻은 이야기를 무당이 가르쳐주다니. 아니다. 그런데 뭐, 생각해보면 우주에도 신을 믿는 종족이 있을 수 있겠죠. 그리고 그 종족에도 무당이나 목사나 뭐, 그런 직업이 있을 수 있겠죠. 어쨌든 제가요, 책을 반복해서 읽으면서 보살이 했던 말이 무슨 뜻일지 고민했어요. 하나를 살리려면 하나를 바쳐야 하고, 저쪽의 것을 살리려면 이쪽의 것을 바쳐야 한다는 말이요. 그게 이 세상의 법칙이라는 거. 아마 제가 잘못 판단한 건 그 지점이었지 싶어요. 황세정도 그렇고 정찬양도 그렇고, 저쪽의 것을 바쳤잖아요. 조건이 잘못되었던 거죠. 이쪽의 것을 가져가서 바쳐야 했던 게 아닐까."

그렇다면 저쪽으로 함께 넘어갈 수 있는 것 자체가 조건이리라. 그리고 보살의 말대로라면 그 상대는 혈육으로 한정된다.

"어릴 적에요."

나는 가방에서 인형을 꺼냈다.

"아버지에게 사랑받고 싶다고 여긴 시기가 있었어요. 아버지와 함께한 유년의 기억이 사라졌다고 해도 유일한 보호자란 사실은 변함이 없잖아요. 아이에게 부모는 해와 달이고, 유일한 우주라고 주변에서 자꾸 그러니까. 아이는 응당 부모를 사랑해야만 하는 것 같았거든요. 그렇지만 내가 아무리 노력해도 아버지는 나를 못 본 척했죠. 가끔 기이하다 싶을 정도로. 계속 내게 화가 나 있는 건가 싶어 점점 더 움츠러들었어요."

작아져서 사라질 것 같던 나를 구한 건 퍼뜩 떠오른 '해 님 달님' 이야기였다. 누가 이야기해주었던 건지도 모르 게 어느새 내 안에 잠들어 있던 이야기. 그 이야기를 진월 에게 들려주면서 깨달았다. 우주는 하나가 아니다. 부모 가 아니라도 빛을 나누어주는 존재가 있다. 나는 진월과 함께 만든 우주가 굳건하리라 믿었다.

왜 잊었을까. 겁에 질린 나를 끌어안고 귓가에 속삭이 던 목소리를. 엄마는 내가 공포에 질렸을 때 '해님 달님' 이야기를 해주곤 했다. 그리고 어린 시절, 나의 공포는 오 직 한 사람에게서 기인했다. 술에 취해 소리를 지르고 주 먹을 휘두르는 사람, 아버지였다. 아버지는 나와 함께 놀 아준 적이 없다. 놀이공원에 데려가준 적도 없다. 진월의 기저귀를 갈아준 적도 없다. 아버지가 귀에 못이 박히게 들려주었던 폭력과 상냥함은 주체가 바뀐 거짓말이었다. 오랫동안 그 사실을 알아차리지 못한 건 주문 때문이었 다. 어린 나는 살아남기 위해 부정을 긍정하고 긍정을 부정했다.

"지하철이 곧 도착한대요."

인형에 꽂아두었던 바늘로 아버지의 손톱 아래를 찔렀다. 둥글게 배어 나온 피를 인형에 묻혔다. 지하철 들어오는 소리가 멀리서 점점 가까워져서 아버지의 한 팔을 어깨에 두르고 부축해 자리에서 일어났다. 축 늘어진 몸이 무거워서 열린 지하철 안으로 들어가는 걸음이 휘청거렸다.

7시 17분. 609편성의 6120호.

아버지를 좌석에 앉히고 눈을 감았다. 한 정거장, 두 정거장, 세 정거장. 나뭇가지가 맞닿은 나무들처럼 정류장이 둥글게 이어진 원을 만들어갔다.

원의 끝이 부디 소망의 마침표이기를.

"아버지, 제발 부탁이에요."

축 늘어진 아버지의 손을 움켜쥐었다.

"나와 함께 봄으로 가주세요."

몸을 짓누르는 압력과 함께 터널이 몰려왔다. 아버지의 손을 더욱 힘주어 잡았다.

제발, 부디.

나에게 완벽한 행복을.

*

손바닥이 축축했다.

눈을 뜨자마자 옆을 봤다. 아버지는 내 어깨에 머리를 대고 눈을 감고 있었다. 비싸도 효과는 참 확실한 약이었다. 오랜만에 돌아온 4월의 봄날은 여전히 눅눅했다.

"됐어……."

환호성을 지르고 싶은 걸 꾹 참았다. 서둘러야 했다. 휠체어 없이 아버지를 짊어지고 계단을 오르려면 더 많은 시간이 들 거다. 우산을 든 사람들 틈을, 아버지를 업고 빠져나갔다. 등에 업은 아버지가 한 걸음에 한 근씩 무거워지는 것 같았다.

"아버지, 엄마가 해준 옛날이야기 중에요. 나무꾼이 산에 갔다가 다리 다친 아이를 만나는 게 있었거든요."

기억 속 엄마의 목소리를 흉내 내, 잊고 있던 이야기를 천천히 읊조렸다. 성공을 바라는 마음을 담아 엄마의 목소리에 내 목소리를 덧입혀나갔다.

……나무꾼은 아이를 업고 산에서 내려왔어. 그런데 눈 감고도 훤했던 산길이 미로처럼 변해서, 나무꾼은 정

처 없이 깊은 산속을 헤매게 된단다. 처음엔 깃털처럼 가볍던 아이는 점점 무거워졌어. 한 걸음에 한 근, 또 한 걸음에 한 근. 나무꾼은 아이가 인간이 아니면 어쩌나 의심한단다. 무서워서 차마 등에 업은 아이를 돌아보지도 못하지.

"아이를 버리고 도망갈까 말까, 나무꾼은 고민해요. 걱정하지 마세요. 내가 아버지를 계단에 버리고 갈 일은 없으니까."

이제는 뚜렷하게 떠오른다. 옆으로 돌아누운 엄마의 배가 불룩했다. 나는 엄마의 숨결이 닿도록 가까이 누워 엄마의 음성에 귀를 기울이며 커다란 배가 조금씩 움직이는 걸 봤다. 내가 엄마에게 가져다주었던 풍선이 저 안에 들어 있는 건 아닐까 싶어 두근거렸다. 내가 엄마의 행복을 위해 가져다주었던 풍선. 엄마가 내게 미소 짓게 했던 마법이 거기에 있다고 믿고 싶었다.

"나무꾼은 착했죠. 그래서 차마 아이를 버리지 못했어요. 휘청거리면서 간신히 산 아래 도착했죠. 허둥지둥 아이를 등에서 내려놔요."

엄마가 물었다. 진양아, 등에서 내린 아이는 무엇이었

을까. 나무꾼을 해치려고 들러붙은 귀신일까, 아니면 복을 주러 온 신일까. 내가 뭐라고 답했던가는 기억나지 않는다. 내 대답은 중요하지 않다. 중요한 건 엄마가 나를 보던 눈빛, 숨소리, 몸에서 나던 달콤한 냄새다.

"아버지는 뭘까요."

숨이 턱 끝까지 찼다. 간신히 계단을 다 올랐다. 긴 통로 끝에 개찰구가 보였다. 저기까지만 가면 된다. 저기가 골이다. 아래턱에 힘을 꽉 주고 걸었다. 전진, 또 전진. 아버지가 자꾸 등에서 미끄러져서 몇 번이고 고쳐 업었다. 개찰구를 통과해 역사 입구에 섰을 때는 내리는 비를 몽땅 맞기라도 한 듯 온몸이 땀에 젖었다.

"기다려요, 우리."

아버지를 등에서 내려 벽에 기대어 세웠다. 앉힐 수는 없다. 그럼 일으켜 세우는 데 너무 힘이 든다. 아버지의 몸이 앞으로 쓰러지지 않게 내 몸을 누름돌로 썼다. 아버지를 받치고 서서 호흡을 골랐다. 한 번에 성공하려면 힘을 비축해야 한다. 깊이 숨을 들이마시며 빗속을 응시했다. 반복되어 겪었던 소음이 빗소리를 뚫고 주변에서 몰려왔다. 건널목 반대편에서 손을 옷 속에 넣은 남자가 빠르게 길을 건너는 걸 봤다. 범인이었다. 아버지 앞에서 비켜선 후 한 손을 아버지 등에 대고, 다른 한 손으로는 아버지의 팔을 붙잡았다.

범인이 나를 봤다.

착각이 아니다. 저번에 그랬듯이, 범인은 나와 눈이 마주치자마자 속도를 냈다. 심지에 불이 붙은 폭죽처럼 달려드는 범인과의 거리를 쟀다. 좀 더 가까워야 한다. 좀 더, 좀 더. 당장이라도 도망가고 싶다는 본능을 억누르기 위해 아버지의 팔을 더욱 세게 움켜쥐었다.

"나를 무시하지 마!"

제자리 뛰기를 하면 닿을 정도로 가까워졌다. 범인이 고함을 지르며 칼을 휘둘렀다. 나는 붙잡고 있던 아버지를 있는 힘껏 범인에게로 던졌다. 아버지의 어깨에서 뿜어져 나온 피가 허공으로 치솟았다가 빗줄기에 섞여 흘러내렸다. 범인이 아버지의 몸 위에 올라타 칼을 휘둘렀고 흘러내린 피는 내 운동화 끝에 닿았다.

터널이 도로 나를 빨아들였다.

터널을 통과하며 나는 바늘이 두 번째로 손가락을 찌른 그날 밤, 되살아난 기억을 곱씹었다. 반복되었던 아버지의 폭력과 웅크린 작은 몸. 내게 옷장 안에 숨으라고 외치던 엄마의 울음 섞인 목소리. 그 아픈 날들을 잊어버린 건, 엄마가 내게 건 주문 때문이었다.

기억해. 기억하지 마. 다 잊어버려. 일단 살아남아.

일곱 살 생일 선물로 뭘 받고 싶냐고 묻기에 인형을 가지고 싶다고 했다. 친구들이 가지고 있는, 엄마가 직접 만들어줬다는 인형이 부러웠다. 엄마는 손재주가 없다고 끙끙거리면서도 책을 뒤적거리며 열심히 바느질했다. 도면을 들여다보며 투덜거리는 엄마의 모습이 좋았다. 바늘에 실을 꿰느라 미간을 찌푸린 모습도, 인형이 통 못생기게 만들어졌다고 고민하는 얼굴도 좋았다. 나는 엄마가 인형을 만드는 동안 옆에 착 달라붙어 바늘이 움직이는 걸 멍하니 봤다. 엄마의 바늘이 모든 무서운 밤을 꿰매어 고쳐줄 것만 같았다.

인형이 완성되던 날, 아버지가 엄마를 죽였다.

생일 케이크가 원인이었다. 술에 취해 들어온 아버지가 왜 이런 쓸모없는 걸 샀냐고 화를 냈다. 엄마는 방구석에서 나와 진월을 끌어안고 숨을 죽였다. 나는 물었다. 호랑이를 무찌르면 해와 달이 같이 살 수 있잖아요. 엄마는 내 등을 더 힘주어 끌어안고는, 나와 진월을 옷장 안에 숨겼다. 언제나처럼 조용해질 때까지 나오지 마. 나는 옷장에 들어가 진월의 귀를 손바닥으로 가만히 덮었다. 진월은 웃었다. 진월은 옷장에 숨는 걸 숨바꼭질이라 믿었다.

옷장 밖에서 새어 들어오던 소란이 멈췄다. 잠든 진월을 그대로 두고 혼자 옷장을 나와 조심스럽게 방문을 열었다. 평소라면 방문 틈으로 보여야 할 건 거실 한복판에, 천장을 보고 드러누워 있을 엄마였다. 울지도 않고 거친 숨만 쌕쌕 몰아쉬다가, 내게로 고개를 돌리고 손짓한다. 그러면 나는 엄마의 옆구리를 파고들어 가 눕는다. 서로가 서로의 실이 된다.

그러나 그날, 내가 문틈으로 본 건 흥건한 피였다. 피는 엄마의 머리에서 흘러나와 작은 웅덩이를 만들었다. 엄마의 몸에 올라탄 아버지가 팔을 높이 치켜들었다. 손에 든 망치가 거실 형광등 아래에서 차갑게 빛났다. 엄마가 힘겹게 고개를 내 쪽으로 돌렸다. 엄마의 입술이 들썩거렸다.

기억해. 아니야. 기억하지 마.

숨죽여 방문을 닫고 웅크려 앉았다. 밖에서 부산한 소

음이 이어지다가 얼마 뒤, 현관문 잠기는 소리가 났다. 방문을 살짝 열고 밖을 살피자, 거실은 텅 비어 있었다. 쓰러진 엄마도, 핏자국도, 아버지도 없었다. 사라진 곳에 남아 있는 건 오직 인형뿐이었다. 나는 네발짐승처럼 기어 거실로 나가 인형을 주웠다. 인형 끄트머리에 묻은 피가 엄마의 속삭임을 다시 나에게 전했다.

기억해.

기억하지 마.

살아남아. 잊어버려. 아버지가 돌아오면 분명히 물어볼 거야. 무언가 이상한 소리를 듣지 않았니. 이상한 걸 보지 않았니. 봤다는 걸 들키면, 보지 않았다는 게 거짓말이라는 걸 들키면 호랑이가 입을 벌려 나를 삼킬 거다.

인형을 가지고 다시 옷장에 들어가자 진월이 칭얼거리며 다리에 들러붙었다. 언니, 옛날이야기 해줘. 나는 진월을 끌어안고 엄마처럼 답했다. 그래, 무슨 이야기를 해줄까. 해와 달이 된 자매의 이야기를 해줄까? 그 이야기의 끝에서 엄마는 늘 나를 달랬다. 해도 달도 없는 어둠이 오거든, 네가 진월의 해가 될 거야. 진월은 너의 달이 되겠지. 내가 없어져도 너의 우주가 완전한 암흑이 되어버릴

일은 없어. 그건 예언 같은 게 아닌 매일의 공포를 견디는 엄마 나름의 주문이었을 거다.

아니면 진월아.

생존자이자 목격자인 여자아이의 이야기를 해줄까. 살기 위해 다정했던 존재를 일그러뜨리고 진실을 망각의 구멍에 파묻었던 아이의 이야기란다.

아버지는 말했다. 왜 네가 아니냐고. 그건 진월에 대한 애정이 아닌, 나를 향한 불안에서 튀어나온 진심이었을 거다. 아버지는 그날의 살인에 대해 아무것도 모른다는 일곱 살 딸의 말을 어디까지 믿었을까. 분명 의심했음에도 나를 해치지 않은 건 나의 망각이 완전히 진실한 태도로 그를 대하게 도왔기 때문이거나, 사건을 더 키우고 싶지 않아서였을 거다. 혹은 둘 다이거나. 그럼에도 찝찝했을 거다. 일곱 살은 이미 완전한 무지를 보장할 수 없는 나이기에. 아니면 오히려, 내가 살기 위해 연기를 한다고 생각하며 즐겼을까? 호랑이가 쥐를 붙잡아 먹지 않고 살려둔 채 툭툭 치며 유흥거리로 삼듯이 나의 공포가 그에겐 자신을 절대적인 존재로 착각하게 해줄 마약은 아니었을까. 나를 무시하면서도 진월에겐 그럭저럭 보호자

역할을 하려 했던 건 죄책감 때문이었을까, 아니면 마약의 쾌감을 증폭시키기 위한 도구였을까.

어느 쪽이든 상관없다.

바늘은 이젠 실을 이었으니깐.

버뮤다 삼각지대에서 사라진 건 배도 항공기도 아닌, 인과의 한 땀을 뜰 기억이었다.

*

밀려든 오한에 눈을 떴다. 온몸이 주체할 수 없을 정도로 떨리고 아랫니가 윗니에 딱딱 부딪혔다. 손바닥이 따끔해 펴보니 인형 안에 꽂아두었던 바늘이 박혀 있었다. 이를 악물고 바늘을 빼냈다. 피가 한 방울도 나지 않았다. 춥다. 너무 추워서 도저히 머리가 돌지 않았다.

"언니."

따뜻한 체온이 나를 감쌌다. 매달려오는 익숙한 무게와 체향. 몸은 여전히 떨렸지만, 오한에 마비되었던 머릿속은 한순간에 다시 작동했다. 내 어깨에 파묻은 얼굴을 확인할 필요도 없었다.

“진월아.”

성공했다. 드디어 진월을 구했다. 정신없이 진월을 마주 끌어안았다.

“진월아, 진월아, 진월아!”

“언니, 내가 왜 여기 있어?”

“넌 몰라. 모를 거야. 무슨 일이 있었는지. 내가 너를 구하려고 뭘 했는지.”

한기를 뚫고 흐느낌이 밀려 올라왔다. 참을 이유가 없었기에 울었다. 진월의 등을 양손으로 더듬어 어루만지며 흐느꼈다. 손바닥 아래 생생한 피부의 촉감이 느껴지는 게 기뻐서 계속 울었다. 반복했던 시간 이동의 장면들이 마구 뒤엉켜 눈물과 함께 몸 밖으로 떨어졌다. 흥건한 피, 내 바지 자락을 붙잡던 손, 타인을 떠밀었을 때의 무게감. 애써 외면해온 죄의 무게가 어깨를 짓누르는 게 슬퍼서 또 울었다.

“언니.”

진월이 내 어깨에서 얼굴을 들었다. 나와 진월은 서로를 마주 보았다. 진월은 울지도 웃지도 않았다. 그렇다고 영문을 몰라 당황했을 때처럼 눈을 깜빡거리지도 않았다.

"언니, 누구를 바친 거야?"

진월의 눈동자에 어른거리는 건 경악이었다.

*

……언니가 죽었어.

그래, 언니가 말하는, 내가 죽은 날 말이야. 사실 그날 죽은 건 언니야. 무슨 소리냐고? 믿기 힘들겠지. 내가 지금, 언니가 내 앞에 있는 걸 믿기 힘든 것처럼.

그날 봄비가 내렸지. 언니한테 해야만 하는 이야기가 있었어. 그러니깐, 내가 유학을……. 뭐? 알고 있다고? 어떻게? 아, 동진이가 말했구나. 하여간 걔는 왜 그렇게 제멋대로일까. 언니, 그거 모르지? 나 동진이랑 헤어지려고 했어. 걔가 좀 이상해. 내가 포트폴리오로 만든 작업물을 자기가 했다고 공모전에 제출했어. 그러곤 내가 화내니깐 뭐 그런 거 가지고 난리냐고, 잘난 척하는 거냐고 되레 화를 내는데 어이가 없더라. 그걸로 한 달 넘게 냉전 중이었어. 걔 집에 유학 관련 서류를 놓고 왔는데 그것도 돌려주지 않아서……. 아, 미안. 이야기가 샜다. 어쨌든 언니

한테 말 꺼내기가 어려웠어. 그렇잖아. 그러니깐……. 그
날 언니가 우산을 가지고 가지 않았잖아. 마중을 나가서,
함께 돌아오는 길에 털어놓자고 마음먹었어. 언니가 내
결정을 환영해도, 환영하지 않아도 봄비 탓을 할 수 있겠
거니 싶었거든. 언니가 서운해하면 두부전골로 풀어주자
싶었지.

그랬는데 언니가 죽었어. 내 눈앞에서.

그 미친놈이 언니가 자기를 머릿속에서 계속 괴롭혔다
고 진술했어. 커다란 클로버가 자기를 낙오자라고 무시
해와서 꼭 죽여야겠다고 결심했는데, 언니가 그 클로버
라는 거야. 그 한마디로 조현병 판정을 받아서 감형까지
받았지. 이게 말이야, 방귀야. 용서할 수 없었어. 하지만
내가 할 수 있는 것도 없더라. 너무 웃기지. 내가 피해자
가족인데, 죽은 게 내 언니인데 왜 범인 형량은 자기네가
멋대로 정해?

밤마다 인형을 끌어안고 이를 바득바득 갈았어. 너무
화가 나서 슬퍼하지도 못했어. 인형 말이야. 언니가 맨날
가방에 달고 다니던 삼각김밥 인형. 그게 사건이 일어났
을 때 바닥에 떨어졌어. 경찰이 현장 증거품이라고 가져

갔다가 돌려줬는데, 인형에 붉은 핏자국이 얼룩졌더라. 그게 언니가 내게 남긴 마지막 흔적이라 도저히 빨 수가 없었어. 물든 채 가지고 다녔지.

언니 장례식 끝내고도 정신을 못 차렸어. 다 놔버렸지. 밥도 못 먹겠고 잠도 안 오고. 동진이가 자꾸 귀찮게 전화하기에 헤어졌어. 그랬더니 그 새끼, 스토커가 되어서는…… 아, 다시 떠올리기도 싫어. 아빠가 보다 못해서 자기랑 같이 살자고 하더라. 아빠가 그래도 아빠이긴 하더라. 언니 장례식도 아빠가 다 도맡아서 했어. 아빠 없었으면 나 아무것도 못 했을 거야.

그렇게 봄이 지나고 여름이 되었는데 언니 회사에서, 언니 물건을 가져가라고 연락이 왔어. 회사 창고에 뒀는데 가져가지 않으면 정리해야 한다기에 얼른 가겠다고 했지. 별거 아닌 물건들이었어. 언니가 쓰던 펜이랑 책상 위에 두었던 화분 같은 거. 주섬주섬 쇼핑백에 넣고 지하철을 타러 갔지. 승강장에 서서 지하철 들어오는 걸 기다리는데, 내 옆에 서 있던 여자가 갑자기 쓰러지잖아. 놀라서 여자를 부축해 벤치에 앉혔어. 여자가 눈을 희게 뒤집어 까고 혼잣말을 중얼거리는 거야. 어째 기운이 이리 날

뛰냐. 사람 하나 잡아먹어야 차분해지려나. 영문 모를 말을 하다가 퍼뜩 잠에서 깬 것처럼 정신을 차리더라. 그러더니 대뜸 나한테 네 어미 성이 개씨구나, 그러는 거야.

무당이래, 자기가. 그것도 엄청 유명해서 사람들이 보살님이라고 떠받든대. 그러면서 엄마한테도 신기 섞인 피가 흘렀을 거고, 나도 그걸 이어받았을 거래. 평소라면 무슨 헛소리냐고 쏴붙였을 거야. 언니, 알잖아. 나 '도를 아십니까' 그런 거 엄청나게 싫어하는 거. 하지만 그땐 나도 제정신이 아니니깐 울컥해서 신기 같은 게 있으면 억울하게 죽은 우리 언니 좀 살려내라고 대꾸했어. 그랬더니 그 보살이 자기 명함을 줬어.

나무와 나무가 원처럼 이어진 그림이 그려진 명함에 써진 주소로 찾아갔지. 지푸라기라도 잡는 심정이었어. 언니가 살아서 돌아온다거나 그런 걸 믿은 게 아니라 그냥……. 언니가 좋은 곳 갔다는 말이라도, 그런 달콤한 거짓말이라도 듣고 싶었어.

보살이 내게 바늘을 줬어.

"저쪽에서 데려오고 싶은 사람의 피가 있어야 한다. 혹은 피가 묻은 물건. 그 물건에 이 바늘로, 제물로 바칠 사람의 피를 내어 섞어라. 네 언니의 이름을 바늘과 함께 묶어서 인형에 넣어. 그러곤 응암역에서 정해진 조건의 지하철을 타거라.”

홀린 듯이 바늘을 받고, 보살이 줄줄 읊는 조건을 받아적었어. 보살은 마지막까지 신신당부했지. 모든 건 등가교환. 이 세상은 인과응보이니 제물로 바친 이는 돌아올 이의 운명을 대신할 거라고.

쉽게 말하면 바늘로 찌른 사람은 죽는다는 거잖아, 언니 대신에. 그러니까 방법이 하나밖에 없었어.

나는 어떻게든 언니가 살았으면 했거든.

*

“잠깐, 너 설마 그 바늘로 너를 찌른 거야?”

지하철이 홈으로 들어오는 굉음이 내 말끝을 잡아먹었다. 우는 나를 잡아끌고 지하철에서 내린 진월이 승강장 벤치에 앉아 털어놓은 사실은, 내 혼을 빼놓기에 충분했다. 진월이 나를 살리기 위해 자기 자신을 죽였다니. 인형에 피를 묻히고 지하철을 탄 진월은 내가 그랬듯이 터널 안으로 빨려 들어가는 경험을 했다. 봄비 오는 4월로 돌아갔고 범인이 내게 달려드는 상황과 마주쳤다. 진월은 나를 밀치고 대신 범인의 칼에 찔렸다.

그것이 진월이 바꾼 과거였다. 그 과거가 살아난 나의 시간에서는 진월이 범인에게 목숨을 잃은 현재로 이어졌다. 그제야 무당이 내게 했던 말이 이해가 되었다. 너는 이미 열린 문을 비집고 들어간 존재라던 그 말. 나의 삶이 진월의 죽음과 교환된 것이기에, 과거로 돌아가 범인의 칼에 찔렸을 때에도 죽지 않았던 것이다.

"왜 그랬어, 진월아. 왜 네가 나 대신……."

범인의 칼이 몸을 관통하던 순간의 공포를 어떻게 잊어버릴까. 죽고 싶지 않았던 강렬한 본능. 나는 그 본능에 무릎을 꿇고 진월을 구하기를 포기했었다. 그런 최악이자 궁극의 선택을 할 수 있는 건 진월뿐이다. 묘한 성취감과 패배감이 동시에 몰려왔다. 상반된 두 감정이 뒤섞인 이걸 무어라 불러야 좋을까. 그저 진월을 계속 끌어안고 싶었다.

"언제나, 내가 너를 더 사랑한다고 생각했어."

그러나 진월은 몸을 뒤로 빼 내 손을 피했다.

"언니, 누가 나 대신 죽은 거야?"

그건 질문이 아닌 힐책이었다. 진월도 안다. 피가 조건이라면 제물로 바칠 수 있는 사람은 한 명뿐이라는 걸. 진월의 눈동자에 어린 경악을 걷어내려면 어디부터 어디까지 설명해야 할까. 너에게 그럭저럭 좋은 아버지였던 이는, 나에겐 유일한 우주를 없애버렸던 악당이었다고. 그 오래된 악몽을 진월은 이해해줄까. 뻗은 손이 허공을 더듬었다.

휴대전화 벨 소리가 울렸다. 박태석이었다. 갈 곳 없이 헤매던 손을 박태석이 잡아준 건가 싶어 얼른 통화 버튼을 눌렀다.

―너 왜 그렇게 경우가 없어?

간단한 인사도 없이 튀어나온 성난 박태석의 한 마디가 내 귀를 쳤다.

"태석 씨, 무슨 일 있어? 경우라니."

―아무리 양친 다 조실부모했어도 상견례 자리에 너 혼자 나오면 안 되지. 동생이라도 데리고 나왔어야지. 아니면 친척 어른에게 동행을 부탁하든가.

당황했어도 머리는 돌아갔다. 상견례에 나 혼자 나간

걸로 현재가 바뀌었다. 아버지는 동행하지 않았고 박태석은 분명히 '양친 다 조실부모'라고 했다. 아버지는 죽었다. 이 세계에서 사라졌다. 박태석이 그 사실을 확인시켜 주었다.

—안 그래도 부모님 반대 심한데, 상견례 끝나고 엄청나게 화내셨어. 이젠 나도 도저히…….

박태석이 한숨을 쉬었다. 그 한숨은 완벽한 행복이 부수어질 거라는 예고였다. 진양 씨는 강한 사람이군요. 그런 당신의 버팀목이……. 박태석이 프러포즈할 때 주절거렸던 멘트가 떠올랐다. 애써 외면했던 사실. 박태석이 나를 사랑했던 이유는 동정보다 강한 연민이었다. 연민 역시 연(戀)이다, 사랑이다, 그렇게 애써 눈을 돌려 쌓아 온 행복이었다.

인과율이다.

행복의 한쪽을 되찾았으니, 한쪽은 빼앗겨야 한다.

—나도 내가 널 왜 좋아했는지 모르겠어. 우리 헤어지자.

전화는 일방적으로 끊겼다.

"언니, 조금 전 그 전화 뭐야? 양친이 다 없다니. 설마, 진짜……."

진월이 손으로 입을 틀어막았다. 설명해야 한다. 그러나 하고 싶지 않았다. 터널을 통과하며 지었던 온갖 죄를 진월에게 들려주고 싶지 않았다. 이해받고 싶지도 않았다. 내가 원하는 건 그게 아니다.

"경멸하니?"

나직하게 뱉은 말에 진월의 손가락 사이로 흐느낌이 새어 나왔다. 몸을 숙여 소리 없이 오열하는 진월의 손을 붙잡아, 손바닥 위에 바늘을 올렸다.

"그럼 나를 찔러. 되돌려놓을게."

진월은 몸을 웅크린 채 한참이나 꼼짝도 하지 않았다. 지하철이 가까워졌다가 멈추고, 사라졌다. 그때마다 진월은 바늘이 놓인 손의 손가락을 하나씩 접었다. 주먹 안으로 점점 바늘이 모습을 감추었다.

새끼손가락까지 모두 접고서야 진월은 움직였다. 벤치에서 일어나 서서 선로로 내려가기라도 할 듯이 승강장 끝에 위태롭게 서서는 팔을 휘둘렀다. 반짝거리는 빛이 허공을 날아 선로에 떨어졌다. 다시 벤치로 돌아온 진월이 내 옆에 앉아, 어깨에 머리를 기댔다.

"집에 가자, 언니."

나는 눈물 젖은 진월의 뺨을 부드럽게 쓰다듬었다. 지하철이 곧 들어온다는 안내 방송이 아득하게 들렸다.

이젠 우리는 같은 무게의 죄를 짊어지고 살아갈 것이다. 이해조차 필요 없는 절대적인 공범. 서로의 손을 찌르던 뾰족한 아픔을 기억하는 한, 진월은 나를 떠날 수 없다.

나의 바람이 이루어진 것이 더없이 기뻤다.

작가의 말

버뮤다 삼각지대를 처음 접한 건 초등학생 때였습니다. 제목이 기억나지 않는, 세상의 온갖 기이한 일을 모아놓은 책이었습니다. 노스트라다무스의 예언이 단골로 실리는 그런 종류의 책이지요. 배와 비행기를 사라지게 만드는 기이한 힘을 지닌 장소에 관한 이야기는 어디로든 사라지고 싶던 십대에겐 참으로 매력적이었습니다. 하지만 대한민국에는 버뮤다가 없다고 실망했던 기억도 또렷합니다. 그렇기에 응암역이 응암 버뮤다 삼각지대라고 불리기 시작했을 때 무척 흥미를 느꼈습니다. 그 근처에 볼일이 있어서 지하철을 탔다가, 깜빡 졸아서 내릴 곳을 놓친 후로는 왜 버뮤다인지 절감했지요. 시간이 넉넉하면 재미있는 곳이네, 라고 웃을 테지만 출근 시간이나 약속 시간이 임박했을 때 겪으면 결코 웃을 수 없는 곳이었습니다. 그래도 그 기이한 불편함을 버뮤다 삼각지대에 빗대어 웃음으로 승화한 부분이 역시나, 풍자의 민족답다는 생각도 듭니다.

한때 버스만 타면 멀미하는 탓에 지하철이 주 이동 수단이었습니다. 이사 시기가 맞지 않았던 탓에 고등학교 때부터 한 시간 정도 걸리는 거리를 통학해야 했는데, 그때부터 지하철 신세를 졌습니다. 그 때문에 멀미가 괜찮아진 지금도 지하철과 버스, 양쪽 선택지가 있으면 십여 분 더 걸리더라도 지하철을 고르게 됩니다. 바깥 풍경을 보고 싶을 때면 종종 앉을 자리가 있어도 출입문 근처에 서서 가는 경우도 있습니다. 파노라마 필름처럼 빠르게 스쳐 지나는 풍경 중에 갑자기 낯설게 느껴지는 한 지점을 발견할 때의 감각이 재미있지요. 어쩌면 익숙하기에, 그 익숙함이 사라지는 순간이 크게 느껴지는 걸지도 모르겠습니다. 이 책이 독자분들에게 그런 감각으로 다가갔으면 합니다.

함께해주신 출판사 분들과 읽어주신 독자분들에게 감사의 마음을 전합니다. 지금도 어딘가에, 사라진 이들이 함께 있다고 믿어봅니다.

6호선 버뮤다

초판 1쇄 발행 2026년 4월 20일

지은이 범유진
펴낸이 이수철
주   간 하지순
편   집 송규인
디자인 박예진
영업관리 최후신
콘텐츠개발 최진영
영상콘텐츠기획 김남규
제   작 서동관
관   리 진호, 황정빈, 전수연

펴낸곳 (주)픽셀앤플로우
출판등록 제2025-000171호
주소 (10449) 경기도 고양시 일산동구 호수로 358-39 동문타워1차 703호
전화 02) 790-6630 팩스 02) 718-5752
전자우편 namubench9@naver.com
인스타그램 @namu_bench

ⓒ 범유진, 2026

ISBN 979-11-24185-13-1 03810